Fille ronde po

Dave Kerl

FILLE RONDE POUR LE FLIC

First edition. November 22, 2024.

Copyright © 2024 Dave Kerlson.

ISBN: 979-8230728917

Written by Dave Kerlson.

Also by Dave Kerlson

Quand un policier de ville rencontre une fille de montagne aux formes généreuses...

Ava Dawson a toujours été à l'aise dans sa vie tranquille dans la petite ville de montagne où elle vit. Gérant sa petite librairie, elle se contente de se cacher derrière ses livres et d'éviter le risque d'un chagrin d'amour, surtout avec sa silhouette pulpeuse qui lui a fait perdre confiance en elle à cause de trop d'hommes. Mais lorsque le policier de la grande ville Ryan Callahan débarque en ville, tous ses murs soigneusement construits commencent à s'effondrer.

Ryan est venu à la montagne pour échapper au chaos de la ville et se changer les idées. Il ne s'attendait pas à être captivé par Ava, cette belle femme aux courbes généreuses qui lui coupe le souffle. Leur alchimie est instantanée, l'attirance indéniable, mais avec son retour en ville qui se profile, Ryan sait que son temps avec elle est limité.

Ava essaie de protéger son cœur, craignant que Ryan ne soit comme les autres qui l'ont abandonnée. Mais Ryan voit la vraie elle - la femme intelligente, passionnée et irrésistible qu'elle essaie de cacher. Alors que leur lien s'approfondit, la chaleur entre eux s'intensifie également.

Chapitre 1

Ryan

La route de montagne sinueuse s'étend devant moi, un ruban d'asphalte sans fin menant au cœur de nulle part. Je serre le volant, les jointures blanchies, la mâchoire serrée. Ces « vacances » sont une plaisanterie. Une punition.

Des pins imposants se rapprochent, leurs ombres projetant un linceul menaçant sur la voiture. Je jette un coup d'œil à ma main bandée, encore à vif à cause du combat qui m'a amené ici. Je devrais être dans les rues de la ville, au milieu du chaos et de la saleté où j'appartiens. Pas exilé dans une ville reculée jouant à trouver la paix intérieure.

Le GPS sonne, signalant mon arrivée à Pine Hollow. Je m'arrête devant une rangée de devantures rustiques, leurs façades patinées proclamant le charme d'une petite ville. Laissant échapper un lourd soupir, je sors, étirant mes muscles tendus. L'air de la montagne me glace les poumons, vif et étranger.

Mon regard se pose sur une librairie confortable nichée entre la quincaillerie et le bureau de poste. À travers la fenêtre, j'aperçois une chevelure acajou, des courbes douces. Quelque chose bouge en moi, primitif et spontané. Je cligne des yeux pour le chasser. Je suis ici pour me vider la tête, pas pour embrouiller les choses avec des distractions, aussi séduisantes soient-elles.

Je laisse mes yeux vagabonder, admirant les devantures pittoresques qui bordent la rue principale. Un restaurant miteux avec un panneau clignotant « Ouvert ». L'épicerie générale obligatoire qui propose de tout, du matériel de pêche à la confiture maison. Un chapiteau de cinéma délabré qui fait la publicité de titres vieux de plusieurs mois.

Cet endroit est une capsule temporelle, coupé du reste du monde et coincé dans un passé nostalgique. Le genre de ville où tout le monde connaît les affaires des autres et où les étrangers ressortent comme un pouce endolori. Et me voilà, un cliché ambulant – le policier de ville blasé qui cherche des réponses au fond d'une bouteille et au bout d'une route sinueuse.

Je secoue la tête, essayant de dissiper ces pensées amères. Je suis venu ici pour une raison, même si ce n'était pas par choix. Pour chasser les toiles d'araignées, exorciser quelques démons et peut-être, juste peut-être, me rappeler ce que l'on ressent quand on respire à nouveau.

Mais bon sang, si je peux me concentrer sur ces nobles conneries quand mon regard traître ne cesse de dériver vers cette librairie et les courbes alléchantes que j'ai aperçues à travers la vitrine. Il y a quelque chose dans la façon dont elle bougeait, une grâce inconsciente qui parlait de confiance tranquille et de sensualité brute. Je peux presque m'imaginer tracer la pente de sa hanche, le creux de sa taille, avec le bout des doigts calleux...

Je serre les poings, sentant la vive piqûre de mes articulations fendues. Je n'ai pas traversé la moitié de l'État pour me faire retourner la tête par une bibliothécaire de petite ville. Je suis ici pour me ressaisir, pas pour tomber au lit avec la première femme attirante que je vois.

Sauf que je n'arrive pas à détacher mes yeux de cette devanture de magasin. Je ne peux pas m'empêcher d'imaginer ce que cela ferait de me perdre dans une chair douce et des soupirs mielleux,d'enterrer mes démons dans la chaleur accueillante de son corps jusqu'à ce qu'il ne reste que l'oubli béni.

« Merde », je murmure à voix basse, me propulsant en avant sur des pieds de plomb. Vers la librairie. Vers elle. Vers la gravité inéluctable qui m'attire comme un papillon vers une flamme, sans me soucier de l'enfer qui m'attend.

La cloche au-dessus de la porte tinte joyeusement lorsque j'entre à l'intérieur, annonçant mon arrivée comme un signe avant-coureur de malheur. L'odeur d'encre et de papier et quelque chose d'uniquement féminin m'envahit. Mon cœur bat contre ma cage thoracique tandis que je m'aventure plus loin dans son domaine, chaque pas étant une bataille entre le désir et l'instinct de survie.

Je tourne un coin et elle est là, toutes courbes généreuses et joues rouges, les yeux noisette s'écarquillant lorsqu'ils rencontrent les miens. À ce moment-là, je sais que je suis bel et bien foutu. Et je ne peux pas m'en soucier.

Ava

La cloche au-dessus de la porte tinte et je lève les yeux de la pile de premières éditions nouvellement arrivées. Mon souffle s'arrête. Il est grand, brun et dégage une intensité qui serpente le long de ma colonne vertébrale et se love dans mon ventre.

Un étranger. Dans ma boutique. Dans notre ville.

Je me lisse les cheveux, soudainement consciente de mes courbes généreuses qui se tendent contre ma robe d'été bleuet. Reprends-toi, Ava. Je colle mon meilleur sourire de service client. « Bienvenue au coin lecture de Dawson. Puis-je vous aider à trouver quelque chose ? »

Mes mots flottent dans l'air entre nous tandis que ses yeux, couleur d'une tempête qui se prépare, me ratissent. Un muscle tic-tac dans sa mâchoire ciselée. Le silence s'étire, chargé et lourd.

Finalement, il s'éclaircit la gorge. « Je suis juste de passage. Je pensais que je ferais un tour. » Sa voix est basse, rauque comme du gravier.

« Bien sûr, s'il vous plaît, prenez votre temps. » Je fais un geste vers les étagères soigneusement organisées, mon sanctuaire. « Si vous avez besoin de recommandations, je serai heureux de vous aider. »

Il hoche la tête, un bref mouvement du menton. Puis il se retourne et disparaît dans les rayons, tel un prédateur qui se fond dans l'ombre. Je relâche un soupir tremblant.

Que Dieu me vienne en aide, mais je veux percer le mystère qui se cache à l'intérieur de cet homme. Je veux briser son extérieur dur et dévorer les pages de son histoire, aussi sombre soit-elle.

Je secoue la tête. J'ai toujours été attirée par les pages brisées, n'est-ce pas ?

Mon regard s'égare vers l'étalage des « auteurs locaux ». Vers le mince volume de poésie portant mon nom. Nous avons tous nos secrets.

Pine Hollow a peut-être l'air idyllique, mais il a le don de déterrer les choses cachées.

L'homme rôde dans les allées, sa présence électrique, incontournable dans la petite boutique. J'essaie de me concentrer sur la liste d'inventaire devant moi, mais les mots se confondent. Je suis hyper consciente de chaque son : le craquement d'une planche de plancher, le murmure des pages qui se tournent. Le grésillement de mes terminaisons nerveuses.

Respire, Ava. Ce n'est qu'un homme.

Un homme incroyablement beau et mystérieux qui fait frémir vos genoux, mais quand même.

Je suis tirée de ma rêverie par le bruit sourd d'un livre sur le comptoir. Je lève les yeux et je le trouve penché sur moi, un livre de poche entre nous. Ses doigts frappent d'un rythme impatient sur le bois usé.

« Tu as trouvé tout ce que tu cherchais ? » Je déteste le tremblement dans ma voix. Reprends-toi !

Un fantôme de sourire, là et disparu. « Pas exactement ce que j'avais en tête, mais ça fera l'affaire. »

Je l'appelle en mode pilote automatique, hyper concentrée sur le maintien de mes mains stables. Nos doigts se frôlent tandis que je lui tends le reçu. Une secousse de conscience, un fil sous tension.

Son regard se pose sur le mien, cherchant. Je me demande s'il l'a ressenti aussi. Le crépitement de la connexion, le coup bas dans mon ventre. Territoire dangereux.

« Je suis Ryan. Ryan Callahan. » Une offre. Ou un avertissement.

« Ava. Dawson. Évidemment. » Je grimace intérieurement. Vraiment lisse.

Un vrai sourire cette fois, juste un pli de ses lèvres. « Merci pour ton aide, Ava Dawson. Je suis sûre que je te reverrai dans le coin. »

Est-ce une menace ou une promesse ? Il est déjà dehors avant que je puisse me décider, la cloche tintant dans son sillage. Je m'effondre contre le comptoir, sans force.

Que diable vient-il de se passer ? Et pourquoi est-ce que je me sens soudain comme le Petit Chaperon Rouge qui vient d'attirer l'attention du Grand Méchant Loup ?

Pine Hollow vient de devenir beaucoup plus intéressant.

Que Dieu me vienne en aide, en effet.

Mes pensées tourbillonnent alors que je ferme la boutique. Le souvenir de son contact, le poids de son regard et la façon dont mon nom sonnait comme un secret sur ses lèvres.

Je rentre chez moi, mon esprit bourdonnant d'images de ses cheveux noirs, de sa grande silhouette.

Ces yeux qui semblaient me voir à travers...

Je m'installe dans mon canapé confortable, un livre intact sur mes genoux. Le feu crépite, mais il n'est pas à la hauteur des flammes que sa présence a allumées en moi.

Je ne peux pas me permettre de tomber amoureuse d'un autre citadin, me dis-je. Je peux contrôler mon cœur capricieux. Je dois le faire.

Mais alors que je m'endors, les contours du visage de Ryan persistent dans mes rêves, et je me demande si je n'ai pas déjà trop tardé.

Le feu dans l'âtre crépite, projetant des ombres qui dansent sur les murs de mon cottage douillet. Dans mon esprit, je le revois, debout dans ma boutique, penché sur le comptoir comme s'il était sur le point de me dévorer tout entier. La chaleur entre nous était palpable, la tension suffisamment épaisse pour trancher avec un couteau.

Je rougis, me rappelant comment mon cœur avait battu quand il m'avait regardé. La chaleur s'accumule entre mes cuisses alors que je repasse notre conversation dans mon esprit. Son sourire narquois, sa confiance, la façon dont sa chemise s'était collée à sa poitrine, accentuant chaque muscle ondulant.

Agitée, je me tourne et me retourne, incapable de bannir le souvenir de ses yeux de mes pensées.

Chapitre 2

Ryan

Bon sang, il y a quelque chose chez elle.

Ava Dawson, la propriétaire de la librairie aux formes généreuses et timides. Elle est différente des femmes que je connais. Pas de manières, pas de jeux. Juste une fille qui connaît ses livres et qui a des courbes aux bons endroits.

J'ai l'esprit perdu, mais je ne peux pas m'en empêcher. La dernière chose dont j'ai besoin, c'est de me compliquer la vie, mais l'attraction est là, comme une force magnétique.

J'ai refusé de me permettre de retourner à la librairie aujourd'hui.

Pourtant, je n'arrive pas à la chasser de mes pensées.

Je me dis qu'elle est interdite. Je ne fais que passer, et elle mérite plus qu'une aventure.

Mais quand ma Jeep décide de tousser pour la dernière fois sur une route secondaire déserte, bien sûr, c'est elle qui me prend en stop.

Sa voiture est un espace confiné, empli de l'odeur des livres et du cuir chauffé par le soleil. Ses cheveux tombent en cascade de châtains, et mes doigts me démangent de démêler sa tresse.

Nous roulons en silence, interrompus seulement par le doux ronronnement du moteur et ma propre respiration saccadée. La tension est épaisse, comme l'air chargé avant une tempête.

Je la regarde et ma bite durcit dans mon pantalon.

Putain, je suis mal.

Ava

Le trajet en voiture s'étend devant nous, un ruban sans fin de route serpentant à travers les pins. Je jette des coups d'œil à Ryan du coin de l'œil, traçant la ligne forte de sa mâchoire, la façon dont ses mains agrippent ses cuisses. Ces mains...

"Alors, qu'est-ce qui t'a amené à Pine Hollow ?" Ma voix brise le silence, trop forte dans l'espace confiné de la voiture.

Les yeux de Ryan se posent sur les miens, puis reviennent sur la route. « J'avais besoin de changer d'air. D'un endroit calme pour me vider la tête. »

J'acquiesce, sentant le poids derrière ses mots. « Les montagnes ont une façon de faire ça. De remettre les choses en perspective. »

« Et toi ? » demande-t-il, une curiosité sincère dans la voix. « As-tu toujours vécu ici ? » «

Je suis né et j'ai grandi. » Je souris, un élan doux-amer. « Je suis parti à l'université, mais les montagnes m'ont appelé chez moi. Il n'y a aucun autre endroit où je préférerais être. »

Son regard s'attarde sur mon visage, cherchant. « Ça doit être agréable d'avoir des racines comme ça. De savoir où l'on appartient. »

La nostalgie dans sa voix me prend au dépourvu. Je me demande ce que ça ferait d'être sans attaches. Libre de vagabonder. Cette pensée me fait froid dans le dos.

Nous retombons dans le silence, mais c'est différent maintenant. Chargé. Je suis parfaitement consciente de chaque mouvement de son corps, de chaque respiration. Sa chaleur s'infiltre dans ma peau, s'installant au plus profond de mes os.

Nous arrivons trop tôt devant sa cabine de location. Je gare la voiture, mes mains tremblant légèrement sur le volant. C'est ça. La fin de la ligne.

Ryan ne fait aucun geste pour sortir, ses yeux rivés sur les miens. L'air entre nous crépite de mots non prononcés, de désirs non avoués. Je suis attirée par lui comme un papillon par une flamme, imprudente et inévitable.

"Ava..." Sa voix est basse, rauque. Une caresse et une question.

J'avale difficilement, mon cœur est comme une bête sauvage dans ma poitrine. "Oui ?"

Sa main couvre la mienne sur le levier de vitesse, des callosités grattant contre ma peau. J'inspire brusquement, chaque terminaison nerveuse s'animant.

"Merci. Pour le trajet." Son pouce caresse les os délicats de mon poignet, un murmure de contact. "Et la compagnie." J'acquiesce
, ne faisant pas confiance à ma voix. Il s'attarde un moment de plus, son regard brûlant dans le mien. Une promesse. Un défi. Puis il s'en va, la portière de la voiture claquant derrière lui.

Je le regarde s'éloigner, ses larges épaules disparaissant dans le crépuscule qui tombe. Mon corps vibre d'énergie non dépensée, un fil conducteur de désir.

Qu'est-ce qu'il y a chez cet homme qui me déstabilise si complètement ? Qui me laisse endolori et à vif, désespérée d'en avoir plus ?

Je ferme les yeux, posant mon front contre le volant. Je suis dans le pétrin. Un ennui profond et délicieux.

Chapitre 3

Ryan

La cloche au-dessus de la porte tinte alors que j'entre dans la librairie confortable, une chaleur m'enveloppant. Ava lève les yeux du comptoir, ses yeux s'écarquillent légèrement avant qu'un doux sourire n'orne ses lèvres. Comme attirée par une force invisible, mes pieds me portent vers elle.

"Eh bien, regarde qui est de retour", dit-elle en repoussant une mèche de cheveux égarée derrière son oreille. "As-tu oublié quelque chose la dernière fois ?"

Je m'appuie contre le comptoir et lui lance un sourire en coin. Je ne sais pas ce que je fais, mais je n'arrive pas à m'en empêcher. « Je ne pouvais tout simplement pas rester loin de ta charmante compagnie, je suppose. »

Mes yeux s'attardent sur la rougeur délicate qui monte dans son cou. L'envie de suivre son chemin du bout des doigts est presque irrésistible.

Ava lève un sourcil, une lueur de malice dans les yeux. « Vraiment ? Et moi qui pensais que tu étais juste là pour les livres. »

« Oh, les livres sont un avantage certain. Mais je dois admettre que les plaisanteries sont encore plus attirantes. »

Elle rit doucement, le son envoyant un frisson agréable dans ma colonne vertébrale. « Fais attention, tu pourrais faire croire à une fille que tu flirtes avec elle. »

« Est-ce que ce serait une si mauvaise chose ? » Les mots s'échappent avant que je puisse les arrêter.

Un moment de silence s'étend entre nous alors qu'Ava soutient mon regard. L'impatience se noue dans mes entrailles, se mêlant à l'attirance qui couve et qui se renforce à chaque fois que nous nous rencontrons.

« Je suppose que non », murmure-t-elle enfin, sa voix à peine plus haute qu'un murmure. « Mais tu sais ce qu'on dit à propos de jouer avec le feu... »

« Parfois, le risque vaut la peine d'être récompensé, tu ne crois pas ? »

Je sais que je marche sur un terrain dangereux, brouillant les frontières entre les connaissances occasionnelles et quelque chose de plus. Mais avec Ava, je ne peux pas m'en empêcher. Elle réveille un désir que je croyais enfoui depuis longtemps.

Sa langue se précipite pour mouiller ses lèvres, et je me retrouve à reproduire l'action. L'air entre nous crépite d'une tension inexprimée, une danse de poussée et de traction qui me donne envie d'en avoir plus.

Mon regard se promène sur ses courbes, appréciant la façon dont son pull doux s'accroche à sa silhouette séduisante. Elle bouge sous mon appréciation, une rougeur délicate rampant dans son cou. Je me demande si sa peau serait aussi douce qu'elle en a l'air, si son pouls s'emballerait sous mes doigts.

Ava s'éclaircit la gorge, brisant le silence pesant. « Est-ce que tu as eu besoin d'aide pour trouver quelque chose de particulier aujourd'hui ? »

« En fait, j'espérais que tu pourrais me recommander quelque chose. » Je m'approche, attirée par elle. « Quelque chose qui pourrait me surprendre. »

Ses yeux s'écarquillent légèrement, mais elle ne recule pas. « Je pense que j'ai peut-être exactement ce qu'il te faut. »

Elle se retourne, m'entraînant plus profondément dans le magasin. Je la suis, admirant le balancement de ses hanches et la façon dont ses cheveux noirs tombent en cascade dans son dos. Elle s'arrête devant une étagère, ses doigts effleurant les dos jusqu'à ce qu'elle en sorte un livre de poche usé.

« Tiens, essaie celui-ci. » Elle me le tend, nos doigts se frôlant tandis que je le lui prends des mains.

Des arcs électriques se forment entre nous au bref contact, envoyant une secousse directement dans mon cœur. Ava inspire brusquement, ses lèvres s'entrouvrent de surprise. Je lutte contre l'envie de la tirer contre moi, d'écraser ma bouche contre la sienne et de goûter sa douceur.

« Merci », parviens-je à dire, d'une voix plus rauque que prévu. « J'ai confiance en ton jugement. »

« Tu ne devrais pas. » Les mots sont à peine audibles, mais je les entends néanmoins.

« Et pourquoi ça ? » Je me penche, envahissant son espace, respirant son parfum de vanille et de vieux livres.

Elle penche la tête en arrière, ses yeux s'assombrissant d'une émotion que je n'arrive pas à situer. « Parce que tu ne me connais pas, Ryan. Pas vraiment. »

« Mais je veux. » La confession reste suspendue entre nous, brute et honnête. « Je veux tout savoir de toi, Ava. »

Son souffle s'accélère, sa poitrine se soulève et s'abaisse rapidement. Je peux pratiquement sentir la chaleur irradier de sa peau, la tension se resserrer à chaque seconde qui passe.

« Je ne suis pas sûre que ce soit une bonne idée, » murmure-t-elle, mais il y a un désir dans son ton qui dément ses mots.

« Laisse-moi en juger. » Je lève la main, lentement, lui laissant le temps de s'éloigner. Quand elle ne le fait pas, je passe une mèche de cheveux égarée derrière son oreille, mes jointures effleurant sa joue. « Je suis prête à prendre le risque, si tu l'es. »

Les yeux d'Ava se ferment à mon contact, un soupir tremblant s'échappant de ses lèvres. Je peux sentir sa lutte intérieure, les désirs conflictuels en elle. Je sais que je devrais prendre du recul, lui donner de l'espace, mais je suis captivé par la façon dont elle me répond.

« Ryan... » Mon nom tombe de ses lèvres comme une prière et une supplication à la fois.

« Dis-moi d'arrêter, et je le ferai. » Mon pouce trace la ligne délicate de sa mâchoire, s'émerveillant de la douceur de sa peau. « Dis juste le mot, Ava. »

Ses yeux s'ouvrent, rencontrant les miens avec une intensité qui me coupe le souffle. À ce moment-là, je sais que je suis perdu. Je me noierai volontiers dans les profondeurs de son regard, m'abandonnant au feu qu'elle allume en moi.Le monde se réduit à nous deux, au bord de quelque chose de dangereux et d'exaltant. L'air bourdonne de possibilités, et je peux presque goûter la douceur de ses lèvres, sentir les courbes de son corps pressées contre le mien.

Mais la décision lui appartient. Je ne prendrai que ce qu'elle est prête à donner, même si cela signifie repartir sans rien d'autre que le souvenir de ce moment.

Alors j'attends, mon cœur battant dans ma poitrine, pendant qu'Ava pèse les conséquences de céder au désir qui brûle entre nous.

Sa décision va tout changer.

Les lèvres d'Ava s'entrouvrent, un soupir tremblant s'échappe tandis que sa langue s'élance pour les humidifier. Mon regard est attiré par le mouvement, transpercé par l'éclat brillant qu'il laisse derrière lui. J'imagine capturer cette bouche luxuriante avec la mienne, goûter sa douceur, boire ses soupirs de plaisir.

Elle se balance plus près, et je sens la chaleur de son corps irradier à travers le peu d'espace entre nous. Je fais preuve de toute ma retenue pour ne pas la tirer contre moi, pour laisser mes mains errer sur ses courbes douces jusqu'à ce qu'elle tremble de désir.

« Ryan, je... » Sa voix tremble, l'incertitude se battant avec le désir dans ses yeux. « Nous ne devrions pas. Ce n'est pas... Je ne suis pas... »

Je fais taire ses protestations en effleurant doucement sa lèvre inférieure charnue avec mon pouce. « Chut, c'est bon. Nous n'avons rien à faire pour lequel tu n'es pas prête. »

Même lorsque les mots quittent ma bouche, je sais que je suis au bord de mon contrôle. La partie primitive et possessive de moi veut la revendiquer, la marquer comme mienne jusqu'à ce qu'il n'y ait plus aucun doute dans son esprit qu'elle appartient à moi.

Mais je ne vais pas forcer. Je vais laisser Ava donner le ton, même si cela signifie endurer la plus douce des tortures en attendant qu'elle décide de ce qu'elle veut.

Ses dents s'enfoncent dans sa lèvre, inquiétant la chair tendre alors qu'elle scrute mon visage. Je me demande ce qu'elle y voit. Est-ce qu'elle entrevoit la faim que je parviens à peine à maîtriser ? La sombre promesse de plaisir que j'aspire à réaliser ?

« Embrasse-moi. » Les mots ne sont qu'un murmure, mais ils résonnent comme un appel clair dans le silence chargé.

Je n'hésite pas. Prenant son visage entre mes mains, je baisse ma bouche vers la sienne, prenant enfin ce dont j'ai envie depuis le moment où j'ai posé les yeux sur elle pour la première fois.

Ses lèvres sont douces et souples sous les miennes, s'entrouvrant sur un halètement alors que je penche ma bouche sur la sienne. Je la lèche, savourant sa saveur unique – douce avec un soupçon d'innocence qui me donne envie de la corrompre de la manière la plus délicieuse.

Ava fond contre moi, son corps courbé se moulant sur mes plans plus durs tandis que ses bras s'enroulent autour de mon cou. Elle me rencontre caresse pour caresse, donnant autant qu'elle peut. C'est enivrant, la façon dont elle répond si passionnément, si décomplexée. Comme si elle attendait ça – pour moi.

Une part de moi sait que nous avançons trop vite, que c'est fou, que nous venons de nous rencontrer, que nous fonçons vers quelque chose auquel aucun de nous n'est préparé. Mais avec Ava dans mes bras, sa langue s'emmêlant avec la mienne alors que notre baiser devient plus profond, plus affamé, je ne peux pas m'en soucier.

Tout ce que je veux, c'est me perdre en elle, la faire mienne de toutes les manières qui comptent. Et d'après les petits gémissements nécessiteux qu'elle émet, la façon dont ses ongles rongent mes épaules, je dirais qu'elle veut la même chose.

Ce ne sera pas doux. Ce ne sera pas doux. Mais ce sera inoubliable.

Soudain, Ava se retire, sa poitrine se soulevant alors qu'elle me regarde avec des yeux embués de désir. "Ryan... nous devons arrêter."

"Pourquoi ?" je grogne, ma voix éraillée par l'excitation. "Nous savons tous les deux que tu veux ça." Je prends sa main et la presse contre mon érection, m'assurant qu'elle puisse sentir à quel point elle me rend dur.

Ava halète, ses joues rougissent d'un rouge cramoisi profond, mais elle ne retire pas sa main. Au lieu de cela, elle enfonce légèrement ses ongles, comme si elle était aussi déchirée que moi.

Au final, cependant, c'est elle qui a assez de force pour briser notre connexion. "Parce que... parce que j'ai peur."

Peur ? De moi ? Cette pensée envoie une décharge de possessivité en moi. "Tu n'as rien à craindre, bébé. Je ne te ferais jamais de mal."

Ava se mord la lèvre inférieure, ses yeux se remplissant de larmes retenues. "Je sais... ce n'est pas que j'ai peur de toi... c'est..."

"Et alors ?" je le pousse, ma voix plus douce maintenant. Je veux l'aider, la débarrasser de tous les fantômes qui la retiennent.

"J'ai peur de moi-même", murmure-t-elle. "Je n'ai jamais ressenti ça pour quelqu'un avant, et c'est fou parce que c'est trop rapide, j'ai peur d'avoir le cœur brisé à nouveau."

Attendre... encore ?

Je rougis presque à l'idée qu'un autre homme la touche.

« Qui t'a brisé le cœur ? » je crie.

Elle sursaute en entendant ma voix et je m'efforce de baisser le volume. « Qui t'a fait du mal, ma chérie ? »

Elle se mord la lèvre avant de secouer la tête. « Je veux dire, je suppose que c'est idiot. Bien que nous nous appelions « petit-ami et petite-amie », nous n'avons jamais vraiment fait autre chose que nous embrasser. »

Mes épaules se détendent pour se tendre à nouveau. Elle n'a rien fait d'autre que de l'embrasser, donc je n'ai pas à imaginer un autre homme en elle, mais elle l'a embrassée, alors maintenant je dois faire face à l'idée des lèvres d'un autre homme sur elle.

Je n'arrive pas à contenir le grognement qui gronde dans ma poitrine à cette pensée.

Ava me regarde avec de grands yeux, surprise par le son possessif qui émane du plus profond de moi. « Ryan ? » murmure-t-elle avec incertitude.

Je prends une profonde inspiration, essayant de maîtriser la jalousie qui tourbillonne en moi à l'idée d'elle avec quelqu'un d'autre, même si ce n'était qu'un baiser. Je n'ai pas le droit de ressentir ça, mais la partie primitive de moi veut effacer toute trace du contact d'un autre homme de son esprit, de son corps.

« Je suis désolé, » je murmure, en prenant doucement son visage dans ses mains. « C'est juste que... je n'aime pas l'idée que quelqu'un te fasse du mal. Que quelqu'un d'autre te touche. »

Son souffle s'arrête à ma confession, ses pupilles se dilatant d'un désir renouvelé. « Je n'ai jamais été touchée... pas vraiment. Pas de la façon dont je veux que tu me touches. »

Putain. Son aveu innocent me déstabilise presque. Je me penche, mes lèvres effleurant la coquille de son oreille alors que je murmure rudement, « Dis-moi comment tu veux que je te touche, Ava. Dis-moi ce dont tu as besoin. »

Elle frissonne, ses mains serrant mon t-shirt. « Je... je veux que tes mains soient sur moi. Partout. Je veux que tu me fasses tout oublier sauf ce que tu ressens. »

Un grognement sourd m'échappe à sa supplication haletante. « Je peux faire ça, bébé. Je te ferai oublier ton propre nom d'ici à ce que j'en ai fini avec toi. »

Ava gémit, se cambrant contre moi comme si elle ne pouvait pas s'approcher suffisamment. Je glisse ma main dans ses cheveux, tirant doucement jusqu'à ce qu'elle me découvre la gorge. Traçant des baisers bouche bée le long de sa colonne élancée, je mordille et suce son pouls palpitant, la marquant comme mienne.

« Ryan, s'il te plaît... » Elle halète maintenant, ses hanches ondulant contre ma cuisse, cherchant la friction.

« S'il te plaît quoi ? Utilise tes mots, douce fille. » Je gratte mes dents sur sa clavicule, apaisant la piqûre avec ma langue.

« Touche-moi, » supplie-t-elle. « J'ai besoin de tes mains sur ma peau. J'ai besoin de toi. »

La satisfaction bourdonne en moi à sa supplication dévergondée. « Alors, enlevons-toi de ces vêtements. Je veux te voir en entier, te toucher en entier. »

Ava hoche la tête frénétiquement, tirant déjà sur l'ourlet de son pull. Ensemble, nous la déshabillons jusqu'à ce qu'elle se tienne devant moi vêtue uniquement d'une culotte rose pâle.

Mon regard affamé parcourt ses courbes, enregistrant chaque creux et chaque gonflement dans sa mémoire. Elle est parfaite, de sa poitrine pleine et lourde à l'évasement de ses hanches et à la douceur de son ventre.Je veux adorer chaque centimètre carré d'elle jusqu'à ce qu'elle comprenne à quel point elle est exquise.

« Tu es tellement belle, putain, » je lui dis respectueusement, caressant ses flancs de mes mains. « Je pourrais te regarder pour toujours sans jamais m'en lasser. »

Ava rougit sous mon regard brûlant, un rose délicat fleurissant sur sa peau. Elle croise ses bras sur sa poitrine de manière gênée, comme si elle essayait de se cacher de moi.

« Ne fais pas ça, » je lui ordonne doucement, en lui prenant les poignets et en poussant ses bras vers ses flancs. « Ne te cache pas de moi. Je veux te voir, tout de toi. »

Elle se mord la lèvre mais hoche la tête, me permettant de savourer la vue de son corps presque nu. Mes mains me démangent d'explorer, de cartographier chaque courbe et chaque vallée, de la graver dans ma mémoire avec mon toucher.

Je commence par ses épaules, traînant mes doigts le long de ses bras, sentant la chair de poule monter dans mon sillage. Quand j'atteins ses mains, j'entrelace nos doigts ensemble, en les serrant doucement.

« Je vais te faire te sentir si bien, bébé, » je te le promets, ma voix rauque et rauque. « Je vais te toucher jusqu'à ce que tu trembles, jusqu'à ce que tu en redemandes. »

gémit Ava, la tête retombé en arrière alors que je baisse à nouveau ma bouche vers son cou. Je ne peux pas résister à la goûter, faisant glisser ma langue sur son pouls accéléré avant de sucer légèrement. Elle halète, ses doigts se resserrant autour des miens.

Relâchant une de ses mains, je fais glisser ma paume le long de son flanc, sur le creux de sa taille et l'évasement de sa hanche. Sa peau est comme du satin, incroyablement douce et lisse. Je veux la sentir contre moi sans aucune barrière entre nous.

Accrochant mes doigts à la ceinture de sa culotte, je lève les yeux vers elle, lui demandant silencieusement la permission. Ava hoche la tête, ses yeux sombres de désir. Lentement, torturée, je fais glisser le morceau de dentelle le long de ses jambes jusqu'à ce qu'elle puisse en sortir.

Et puis elle est nue devant moi. Complètement exposée. À moi.

Je dois serrer les poings pour m'empêcher de bondir sur elle. Elle mérite d'être savourée, adorée. Et c'est exactement ce que j'ai l'intention de faire.

En commençant par ses chevilles, je fais courir mes mains sur ses mollets, sur ses genoux, le long de ses cuisses moelleuses. La respiration d'Ava devient laborieuse alors que je m'approche du sommet de ses cuisses, son excitation étant évidente dans la couche glissante qui recouvre ses plis.

"Ryan", halète-t-elle, ses hanches penchées en avant. En quête. En besoin.

"Je t'ai", je lui assure. « Je vais prendre soin de toi. »

Avec ce vœu, je partage ses lèvres scintillantes, gémissant à la sensation de sa chaleur fondue. Elle est tellement mouillée, elle coule pratiquement pour moi. J'entoure son clitoris avec mon pouce, me délectant du cri étouffé qui se déchire de sa gorge.

"C'est tout, laissez-moi vous entendre", encourage-je, augmentant la pression sur son bourgeon sensible. "Je veux entendre chaque son que tu fais comme je te fais plaisir."

Ava mewls, ses hanches contre ma main alors que je taquine son entrée avec mes doigts. Elle est si serrée, son corps résiste à l'intrusion même lorsqu'elle essaie de me tirer plus profondément.

« S'il vous plaît », supplie-t-elle, le désespoir laçant son ton. "J'ai besoin... J'ai besoin... »

"Qu'est-ce que tu as besoin, bébé ? Dis-moi. » Je plonge un doigt à l'intérieur d'elle, juste jusqu'à la première articulation, m'émerveillant de la façon dont ses muscles intérieurs se serrent autour de moi.

« Plus », halete Ava. "J'ai besoin de plus de toi. Vous tous. »

La satisfaction gronde à travers moi à son plaidoyer. Lentement, j'apaise mon doigt à l'intérieur d'elle, gémissant à la sensation exquise de ses murs de soie. Elle m'emmène à la poignée, son corps m'accueillant comme si j'étais fait pour elle.

"Oh mon Dieu", gémit-elle, ses ongles se creusant dans mes épaules. "Ryan..."

"C'est ça, prends mon doigt. Tu te débrouilles si bien." Je la pompe tranquillement, la laissant s'habituer à l'étirement avant d'ajouter un deuxième doigt.

Ava se crispe pendant un moment, un scintillement d'inconfort traversant son visage avant qu'il ne se fonde dans un pur bonheur. Je me coupe les doigts, l'étirant doucement, la préparant à ce qui est à venir.

Pendant tout ce temps, je maintiens la pression incessante sur son clitoris, entournant et en frottant jusqu'à ce qu'elle se tortille contre moi, perdue dans le plaisir que je lui donne. Ses gémissements et soupirs haletants sont la musique la plus douce, m'exhertant à la pousser plus haut.

"Je suis... Je suis proche", halete-t-elle, ses hanches bougeant frénétiquement maintenant. "Ryan, s'il te plaît... J'ai besoin... »

« Je sais ce dont tu as besoin. » En recourbant mes doigts, je trouve cette tache spongieuse à l'intérieur d'elle, massant impitoyablement. En même temps, je capture son mamelon dans ma bouche, en suçant fort pendant que je glisse la pointe avec ma langue.

Ava hurle, son corps se tend alors que son orgasme s'écrase sur elle. Je la sens se serrer autour de mes doigts, un flot d'humidité recouvrant ma main alors qu'elle se sépare pour moi.

Je la travaille à travers, assouplissant mon toucher alors que les répliques roulent à travers elle. Elle s'effondre contre moi, son visage enfoui dans mon cou alors qu'elle lutte pour reprendre son souffle.

"C'était... Je n'ai jamais... » Elle s'en éloigne, semblant à court de mots.

Je rigole, en appuyant un baiser sur sa tempe humide. "Et nous ne faisons que commencer, douce fille."

Ava frissonne à la promesse dans mes mots. Quand elle recule pour rencontrer mon regard, ses yeux sont vitreux de désir rassasié, mais il y a aussi une faim naissante là-bas. Elle en veut plus, en a envie.

Et le ciel sait que je le fais aussi, mais juste à ce moment-là, nous entendons le tintement de sa cloche de magasin sonner.

Ava se fige puis se bouscule pour s'habiller.

Je jure intérieurement, ma bite me fait mal, mais étrangement, je suis aussi rassasié. Le simple fait de la voir s'effondrer pour moi était plus que suffisant pour moi.

Elle essaie de lisser ses cheveux ébouriffés, qui vient d'avoir son premier orgasme, avant de se précipiter à l'avant du magasin avec un sourire collé sur son visage pour saluer le client.

Je réajuste ma bite douloureuse et je prends congé, mais pas avant de tirer un regard fumant à Ava qui lui fait savoir que je serai de retour, et très bientôt.

Ava Dawson est maintenant à moi.

Chapitre 4

Ava

Le bella au-dessu de la porte s'étend et je lève les yeux depuis les étagères que je réapprovisionne pour voir Ryan marcher dans ma librairie. Les souvenirs de ses doigts enterrés à l'intérieur de moi hier envoient une bouffée de chaleur sur ma peau.

"Gros plan, Ava. Je t'emmène dîner", commande-t-il, sa voix grave ne faisant aucun argument.

My mouth goes dry. I swallow hard and nod, not trusting myself to speak. As I hurry to flip the sign to "Closed" and lock the front door, I'm acutely aware of Ryan's intense gaze following my every move. The air crackles with unspoken tension.

I grab my purse from behind the counter, my fingers fumbling nervously with the strap. When I turn around, Ryan is right there, crowding into my space. The spicy scent of his cologne invades my senses.

"Ready?" he asks, one eyebrow quirked.

"Y-yes," I stammer, pulse racing as memories of our forbidden tryst replay in my mind—his rough hands gripping my hips, his hardness pressing against me...

I shake my head to clear the scandalous thoughts. Ryan takes my elbow and guides me out the back, his touch searing through my cardigan. I pray he can't feel me trembling as we walk to his car. What is happening to me? I'm not this wanton woman who lets a near stranger take such liberties. And yet, I cannot resist his pull, consequences be damned.

The door shuts with a note of finality and Ryan puts the car in gear. I chance a glance at his chiseled profile.

He doesn't speak as he drives us, and I'm so nervous I can't speak either.

So we sit in a charged silence under we get to our destination.

The restaurant Ryan chooses is dimly lit and intimate. Surprisingly, it's one I've never been to, and I've been almost everywhere here.

We're sitting secluded in a back booth, knees brushing beneath the table, and the rest of the world falls away. I fidget with my water glass, hyperaware of his closeness.

"So tell me about yourself, Ava," Ryan prompts, his deep baritone sending shivers down my spine. "What's a beautiful woman like you doing all alone in this small town?"

I lift one shoulder in a shrug, trying to appear casual despite my racing heart. "I've always lived here. The bookshop was my grandmother's—it's my life now. My safe haven." Until he upended everything.

"Hmm." His blue eyes study me intently, seeing too much.

I flush at his heated gaze. "What about you? You never did tell me what you do." I boldly meet his gaze. Two can play at this game.

Ryan's jaw clenches and he looks away. "I'm a cop from the city. I'm on mandatory leave. There was...an incident. A suspect...I broke protocol. The slimeball hit a woman, so I shot him. He didn't die, but I was supposed to just arrest him—not seek vigilante justice." He scoffs, "They thought I should take some time away to clear my head."

My heart clenches and melts at the same time. He was trying to protect a woman, and it might have cost him his job. Impulsively, I reach across the table and lay my hand over his. "I'm so sorry, Ryan. That must be really hard."

Sa main se tourne sous la mienne, ses doigts s'entrelacent. Le bout de son pouce caresse ma peau sensible et je réprime à peine un halètement. Des courants électriques parcourent mon corps au simple contact.

« Ava. » Ses yeux se braquent dans les miens, assombris par l'émotion et quelque chose de plus sauvage.

Le désir.

La possession.

L'intensité me coupe le souffle. Cette connexion entre nous... défie la raison. Je devrais fuir loin de cet homme et des sentiments dangereux qu'il évoque. Mais je suis prise dans son orbite, un satellite incapable de résister à son attraction gravitationnelle.

Soudain, Ryan fait signe pour l'addition, jetant des billets sur la table. « Sortons d'ici. » Son ton ne souffre aucune discussion.

Le pouls battant, je le suis dans la nuit.

Le court trajet de retour à la librairie se déroule dans un flou, l'air frais de la nuit ne faisant rien pour éteindre la chaleur qui bouillonne sous ma peau. La main de Ryan repose possessivement sur ma cuisse, me marquant à travers le tissu fin de ma robe.

Nous avons à peine franchi la porte qu'il est sur moi, me poussant contre l'étagère la plus proche. Les romans tombent au sol sans que je m'en aperçoive tandis que sa silhouette solide s'enfonce dans mes courbes plus douces, allumant des flammes de désir qui lèchent mes veines.

"J'ai voulu faire ça toute la nuit", dit-il d'une voix rauque, son souffle chaud contre mon cou. "Tu me rends fou, Ava."

"Ryan..." Son nom s'échappe dans un gémissement haletant tandis que ses lèvres tracent un chemin le long de ma mâchoire. De grandes mains agrippent mes hanches, ses doigts s'enfonçant délicieusement dans ma chair.

Je me noie dans la sensation, mon esprit s'embrume de désir. Je sais que je devrais arrêter ça, mettre de la distance entre nous. Mais mon corps me trahit, se cambrant sous son toucher, suppliant silencieusement pour plus.

L'air frais embrasse ma peau chauffée alors qu'il fait descendre la fermeture éclair de ma robe. L'eau s'accumule à mes pieds et je frissonne, à cause du froid et du regard en fusion dans les yeux de Ryan alors qu'il me contemple. Comme un loup évaluant sa proie.

« Magnifique », souffle-t-il avec révérence, ses paumes calleuses glissant sur mes flancs pour prendre mes seins lourds en coupe. Je halète alors qu'il fait rouler les pics durcis entre ses doigts, des étincelles de douleur agréable se dirigeant droit vers mon cœur.

S'il te plaît... » je gémis, sans même savoir ce que je demande. J'ai juste besoin qu'il éteigne cet enfer qu'il a attisé en moi.

Enfonçant une main dans mes cheveux, Ryan incline ma tête en arrière et écrase sa bouche sur la mienne dans un baiser autoritaire. C'est chaud, humide et sale - une revendication brutale qui vole l'air de mes poumons et la force de mes genoux. Sa

langue s'enfonce profondément, caressant la mienne dans une imitation flagrante de l'acte charnel dont nos corps ont envie. Il a le goût du whisky, du péché et des promesses non tenues, une saveur addictive dont je sais que je ne me lasserai jamais.

Embrasser Ryan est une révélation, le reste du monde s'efface jusqu'à ce qu'il ne reste que cela - son corps dur aligné avec le mien, le frottement de sa barbe de trois jours contre mes lèvres picotantes, la poussée méchante de sa langue qui envoie des éclairs de désir grésillant le long de ma colonne vertébrale.

Je suis perdue dans cette passion droguée, mes doigts s'agrippent au tissu de sa chemise alors que je le tire plus près de moi que jamais, voulant ramper sous sa peau. Mes cuisses s'écartent dans une invitation dévergondée, la dentelle humide de ma culotte est un témoignage indéniable de mon excitation.

Ryan en profite impitoyablement, enfonçant une cuisse puissante entre les miennes, le muscle épais appuyant exactement là où je palpite et meurs d'envie de son contact. Sans y être invitée, mes hanches se balancent contre lui, cherchant une pression plus ferme, le suppliant silencieusement d'assouvir le besoin de griffes qui grandit dans mon cœur.

Il arrache sa bouche de la mienne avec un gémissement dur, le son résonnant dans l'air entre nous. "Putain, Ava. Tu me tues."

Sa voix n'est guère plus qu'un grognement, ses yeux me braquant avec une intensité qui me coupe le souffle. Je n'ai jamais vu un homme comme ça - sur le point de perdre le contrôle à cause de moi.

Il y a un côté prédateur dans son regard qui devrait me terrifier mais qui ne fait que me rendre plus brûlante, une sauvagerie qui lui répond, qui surgit d'un endroit caché au plus profond de moi.

Je veux qu'il la libère. Qu'il me dévore. Qu'il marque ma peau de sa marque pour que le monde entier la voie. Les conséquences n'ont plus d'importance, elles n'ont qu'à apaiser ce besoin fiévreux qui menace de me consumer.

Aveuglément, je tends la main entre nous, les mains tremblant légèrement tandis que j'attaque les attaches de son jean. Juste au moment où je parviens à défaire le bouton, tirant sur la fermeture éclair, un bruit soudain venant de l'extérieur brise la brume imprégnée de désir qui nous enveloppait.

Nous nous séparons brusquement, haletant durement, nous regardant l'un l'autre avec des yeux vitreux de passion alors que la réalité de ce qui a failli se produire s'écrase comme un seau d'eau glacée. Le bon sens revient, éteignant les flammes.

Ryan se frotte le visage d'une main, marmonnant quelque chose dans sa barbe. "Je devrais aller vérifier ça, m'assurer que tout est en sécurité."

Ces mots me transpercent le cœur comme un couteau, mais je hoche la tête quand même, sachant que c'est pour le mieux. S'il restait, nous finirions nus et en sueur, avec lui enfoui jusqu'à la garde en moi.Et puis tout changerait d'une manière à laquelle je ne pense pas qu'aucun de nous deux soit prêt.

La déception et la frustration creusent des creux dans ma poitrine alors qu'il remonte sa braguette et recule, mettant l'espace nécessaire entre nous avant que la prise fragile sur notre contrôle ne se brise à nouveau.

"Je reviens tout de suite, Ava", grogne-t-il en se détournant, ses larges épaules tendues. Trois longues enjambées le portent hors de la porte, la cloche tintant tristement dans son sillage.

Je me laisse affalée contre l'étagère en un tas sans os, mon sang bouillonnant toujours d'excitation inassouvie, fixant d'un air absent son dos qui s'éloigne.

Lorsqu'il revient, je feins un mal de tête et lui souhaite bonne nuit en m'excusant.

L'expression sur son visage me dit qu'il n'y croit pas une minute, mais il ne me presse pas.

Je suis à la fois déçue et soulagée.

Le sommeil tarde à venir cette nuit-là, mon corps agité et tendu. Je me tourne et me retourne jusqu'aux petites heures du matin, rejouant chaque instant de ce baiser brûlant. La sensation des mains de Ryan sur ma peau, le goût de ses lèvres, la chaleur et la dureté délicieuses qui me pressent contre l'étagère...

Cela hante mes rêves fiévreux, me tourmentant d'un plaisir à peine accessible. Je me réveille en haletant en prononçant son nom, le cœur douloureux et les cuisses serrées pour soulager les pulsations incessantes à leur apogée.

Maudit soit-il. Maudit soit mon corps traître. Maudit soit ce lien inexplicable qui nous rassemble contre toute rime et toute raison.

Je me traîne dans ma routine matinale dans un état second, l'épuisement et la frustration se battant pour la domination alors que j'ouvre la boutique et que je fais les gestes. Mais même si j'essaie de me concentrer sur le classement alphabétique des nouveaux arrivants, mon esprit revient constamment à lui.

Ryan Callahan a bouleversé ma vie tranquille et ordinaire en l'espace de quelques jours. Et j'ai le pressentiment qu'il ne fait que commencer.

Que Dieu me vienne en aide, mais je ne suis pas sûre d'avoir la force de résister. Ou même si j'en ai encore envie.

La journée s'écoule avec une lenteur angoissante. Je sursaute à chaque craquement et gémissement du vieux bâtiment, m'attendant presque à le voir apparaître à chaque coin de rue. Mais au fil des heures, il devient douloureusement clair que notre rencontre passionnée n'était rien de plus qu'une distraction momentanée pour lui.

En ravalant ma déception, je me rappelle que c'est pour le mieux. J'ai toujours été mieux seule de toute façon, vivant par procuration à travers les pages de mes romans préférés. À l'abri du chagrin et de la trahison.

Ryan,

je suis une sacrée idiote de l'avoir laissée là comme ça. Énervée et désireuse, comme moi. Mais à quoi pensais-je ?

Je ne l'étais pas. C'est le problème. Une seule bouchée de la douce Ava et mon cerveau court-circuite, submergé par le désir animal. Je n'ai jamais perdu le contrôle aussi vite, même pas quand j'étais un adolescent excité.

J'aurais dû la pousser. Elle ne m'aurait pas résisté. Je l'aurais dans mes bras en ce moment.

Je n'ai jamais été aussi bouleversé par une femme. Il y a quelque chose chez Ava.

Je sais qu'elle est faite pour moi. Cette femme est tout ce que je vais vouloir pour le reste de ma vie. La possessivité que je ressens chaque fois que je pense à elle est plus intense que n'importe quel instinct que j'ai jamais eu.

En faisant les cent pas dans ma cabane de location, je me passe une main sur le visage et je gémis. Je devrais être en train de passer en revue les dossiers, en essayant de trouver un moyen de me défendre contre l'affaire qui m'a valu d'être mis sur le banc. Au lieu de cela, tout ce à quoi je peux penser, c'est à des courbes luxuriantes, des soupirs tremblants, une chaleur glissante se serrant autour de mes doigts alors qu'elle se brisait...

Putain. À ce rythme-là, je vais me réveiller avec des draps collants comme un adolescent boutonneux. Une douche froide et quelques kilomètres sur le tapis roulant ne font rien pour chasser Ava de mes pensées. Son parfum s'accroche à ma peau, musc mielleux et vieux livres.

Elle est déjà une addiction et je l'ai à peine touchée. Innocente et intacte, mais répondant avec tant d'empressement, prenant avidement ce que je lui ai donné. Suppliant pour plus avec ces grands yeux verts quand je me suis retiré.

Christ, j'ai des ennuis. Je veux la corrompre, la revendiquer, la faire mienne de toutes les manières dépravées imaginables. L'attacher à mon lit et faire plaisir à ce corps succulent jusqu'à ce qu'elle hurle.

Le sommeil est impossible, ma bite palpite douloureusement à des visions vives classées X dansant derrière mes paupières. D'Ava à genoux, me regardant pendant qu'elle me prend dans sa bouche. Écartez-vous, rougissez et haletant pendant que je me régale de sa jolie chatte rose. Elle me chevauche fort et vite, les seins rebondissant, la tête rejetée en arrière en extase...

Je me frappe les poings avec des coups brutaux et furieux, grognant tandis que je renverse ma main, son nom comme une malédiction respectueuse sur mes lèvres. Mais l'orgasme n'apporte aucun soulagement, aucune diminution du besoin de griffes.

Je vais l'avoir. Les conséquences soient damnées. Ava Dawson est à moi.

chapitre 5

?...?

Ryan

Je fais de la randonnée en montagne parce qu'elles sont censées apporter de la clarté ou des conneries.

Mais je ne pense qu'à Ava et à la façon dont elle m'évite. Quand j'arrive à la librairie, elle décroche rapidement le téléphone ou trouve un client pour l'aider.

Et je deviens complètement fou. Je ne pense qu'à elle.

Même maintenant, alors que je parcours les sentiers sinueux, mon esprit revient à elle, à la douceur de ses courbes, aux profondeurs de ses yeux pleins d'âme.

J'ai besoin de la voir, j'ai besoin de sentir sa présence comme j'ai besoin de mon prochain souffle. Avant de me remettre en question, je sors mon téléphone et compose le numéro de sa librairie. C'est peut-être un mauvais coup, mais un homme doit faire ce qu'il doit faire.

Elle répond à la deuxième sonnerie.

« Ava », je murmure son nom comme une prière, ma voix sortant rauque et grave.

« Ryan ? » Sa voix est haletante, surprise. « Euh, comment puis-je t'aider ? »

« Je viens de... » Je m'arrête, cherchant les mots justes. « Je pars faire une randonnée, là-haut dans les montagnes. Je me demandais si tu aimerais t'accompagner ? »

Le silence s'étend entre nous, rempli de désir et d'hésitation non exprimés. Je retiens mon souffle, attendant.

« Je... Je ne sais pas, Ryan. J'ai le magasin et... »

« Juste pour quelques heures. S'il te plaît, Ava. J'ai besoin... J'ai juste besoin de compagnie. » Toi. J'ai besoin de toi.

Elle soupire doucement, et je peux l'imaginer se frotter la lèvre inférieure. « D'accord. D'accord, je viendrai. »

Le soulagement m'envahit, suivi d'une vague d'anticipation. « Super. Je viendrai te chercher dans une heure. »

Alors que je raccroche, mon cœur bat fort dans ma poitrine. Une heure. Il ne me reste plus qu'une heure avant de l'avoir pour moi tout seul, loin des regards indiscrets et des interruptions.

Le trajet jusqu'à chez Ava est flou, mon esprit est consumé par les pensées d'elle. Quand je m'arrête devant sa boutique, elle m'attend déjà, vêtue d'une tenue de randonnée moulante qui épouse ses courbes pulpeuses. J'avale difficilement, mon corps se contracte de désir.

« Prête ? » je lui demande alors qu'elle monte sur le siège passager.

Elle hoche la tête, ses yeux croisant brièvement les miens avant de s'éloigner. L'air entre nous crépite de tension, l'espace confiné de la voiture amplifiant chaque respiration, chaque changement de vitesse.

La route sinueuse nous emmène plus haut, la ville disparaissant dans le rétroviseur. À chaque kilomètre, l'anticipation grandit, se serrant de plus en plus en moi. Ava regarde par la fenêtre, ses mains se tordant sur ses genoux. J'ai envie de tendre la main, de calmer ses mouvements nerveux et d'entrelacer mes doigts avec les siens.

Finalement, nous arrivons au début du sentier, la montagne se profilant devant nous. Nous partons en silence, les seuls sons étant le craquement de nos pas et les cris lointains des oiseaux. Le sentier est étroit, nous obligeant à marcher en file indienne. Je laisse Ava prendre les devants, mes yeux attirés par le balancement de ses hanches, la flexion de ses mollets.

Plus nous montons, plus le reste du monde s'efface. Là-haut, nous ne sommes que nous, deux âmes attirées l'une vers l'autre par une force inexplicable. L'air se raréfie et la respiration d'Ava se fait plus difficile. Je pose ma main sur le bas de son dos, sentant la chaleur de sa peau à travers sa fine chemise.

« Ça va ? » murmurai-je, mes lèvres près de son oreille.

Elle hoche la tête, se penchant vers mon contact pendant un bref instant avant de continuer. Chaque frôlement de nos corps, chaque regard échangé, est amplifié dans l'isolement des montagnes. La connexion entre nous se renforce à chaque pas, le désir plus urgent.

J'ai besoin de la toucher, de sentir sa peau douce sous le bout de mes doigts. J'ai besoin de la goûter, de la revendiquer comme mienne. L'envie primitive monte en moi, menaçant de prendre le dessus sur mon contrôle.

Mais je me retiens, laissant l'anticipation grandir, sachant que lorsque nous nous réunirons enfin, ce sera explosif. Les montagnes témoigneront de notre passion, de la collision inévitable de nos corps et de nos âmes.

Pour l'instant, je me contente de savoir qu'elle est là, avec moi, loin des regards indiscrets du monde. Dans la solitude de la nature, tout peut arriver. Et j'ai l'intention de m'assurer que cela arrive.

Nous atteignons le sommet et nous sommes accueillis par une vue à couper le souffle. Le soleil plonge sous l'horizon, illuminant le ciel de teintes rouges et dorées. Mais la vraie beauté, le véritable prix, se dresse devant moi. Les joues d'Ava sont rouges, ses yeux brillent d'un mélange d'émerveillement et d'autre chose, quelque chose que j'espère être du désir.

Je ne peux plus le supporter. J'ai besoin d'elle. Maintenant.

Ma main tremble tandis que je prends son menton délicat, inclinant doucement sa tête en arrière. Son souffle se bloque dans sa gorge et ses yeux s'assombrissent de désir.

"Ryan", murmure-t-elle, sa voix est un appel de sirène qui m'attire.

"Ava", je grogne, ma voix basse et dangereuse. "Je te veux, Ava. Plus que je n'ai jamais voulu quoi que ce soit."

Ses yeux s'écarquillent, mais elle ne s'éloigne pas. Au lieu de cela, elle se penche vers moi, ses lèvres charnues à un souffle des miennes. Mon cœur bat fort dans ma poitrine et ma bite palpite d'anticipation.

« Ryan », souffle-t-elle, sa voix comme du velours.

Et ça... le son de mon nom sur ses lèvres, tout haletant comme ça, c'est la goutte d'eau qui fait déborder le vase. La barrière finale se brise et je réclame sa bouche dans un baiser brûlant, ma langue plongeant dans sa chaleur, goûtant sa douceur. Ava gémit dans ma bouche, ses doigts s'emmêlent dans mes cheveux, et tout semblant de retenue qui me restait s'évapore.

J'arrache ma bouche de la sienne, traçant des baisers brûlants le long de sa mâchoire, le long de son cou, jusqu'à la vallée entre ses seins. Son corps doux et courbé tremble sous moi, et je savoure le fait de savoir que c'est pour moi qu'elle gémit.

Mewho va être jusqu'au fond d'elle.

Mewho va la réclamer.

Avec un gémissement, je tire sa chemise vers le haut, révélant ses seins pulpeux et pleins qui débordent de son soutien-gorge. Ses mamelons sont durs, enflammés contre sa peau soyeuse, et je ne peux m'empêcher de gémir à cette vue. Ava cambre le dos, pressant sa poitrine plus près de mon visage.

Je soulève sa jambe jusqu'à ma hanche et la plaque contre un arbre. Je fais glisser ma langue le long de son décolleté, taquinant un mamelon sensible tandis que mes mains tâtonnent avec son jean. Je ne peux pas l'enlever assez vite.

Finalement, son jean s'enroule autour de ses chevilles, révélant sa culotte en dentelle assortie, trempée de son excitation. Les joues d'Ava rougissent d'une délicieuse nuance de rose, mais elle n'essaie pas de se cacher de moi. Au lieu de cela, elle se mord la lèvre, un regard de désir lascif dans les yeux.

"Tu es si belle", je murmure, avant de passer ma langue sur sa fente chauffée, provoquant un halètement chez elle.

Les mains d'Ava se tordent dans mes cheveux tandis que je me régale d'elle, taquinant ses plis gonflés, la buvant comme si j'avais eu soif toute ma vie. Elle a le goût de l'ambroisie.

Je n'en peux plus, et je retire ma bite de mon pantalon. La façon dont les yeux d'Ava s'écarquillent alors qu'elle prend ma longueur gonflée ne sert qu'à augmenter mon excitation.

Je la regarde dans les yeux pendant que je me branle. Je ne veux pas aller jusqu'au bout, mais avant de pouvoir me contrôler, je sens mon sperme jaillir de ma tige.

J'attrape le t-shirt d'Ava et le relève en me dirigeant vers son ventre. Je gémis alors que des cordes blanches et collantes pulsent de ma tête gonflée, atterrissant sur la peau douce d'Ava et ruisselant jusqu'à son nombril.

Ava halète alors que ma semence chaude éclabousse son ventre lisse. Ses yeux sont écarquillés de surprise et sombres de désir alors qu'elle me regarde marquer sa peau crémeuse.

« Ryan », souffle-t-elle, sa voix dégoulinant de désir. « Je… je veux… »

Je capture ses lèvres dans un baiser brûlant avant qu'elle ne puisse finir sa phrase. Je sais déjà ce qu'elle veut, ce dont elle a besoin. C'est la même faim primitive qui court dans mes veines.

Avec un grognement bas, je la soulève, encourageant ses jambes à s'enrouler autour de ma taille. La tête de ma bite encore dure se frotte contre son entrée trempée et nous gémissons tous les deux au contact. Lentement, centimètre par centimètre délicieux, je m'enfonce dans sa chaleur serrée et humide.

« Putain, Ava », je gémis contre la coquille de son oreille. « Tu es si bonne enroulée autour de ma bite. »

Elle gémit et se cambre contre moi, suppliant silencieusement pour plus. Je lui donne ce dont elle a envie, en la pénétrant avec des coups profonds et puissants. L'écorce rugueuse de l'arbre gratte son dos mais elle ne semble pas s'en soucier, perdue dans les affres de la passion.

« Plus fort », halète-t-elle, ses ongles s'enfonçant dans mes épaules. « S'il te plaît Ryan, baise-moi plus fort. »

Je m'exécute avec un grognement sauvage, pistonnant mes hanches et pénétrant dans sa chatte trempée avec un abandon sauvage. Ses cris de besoin résonnent dans la forêt tranquille alors que je la prends, la réclame, la fais mienne.

Mes couilles se resserrent et je sais que je suis proche. En tendant la main entre nos corps mouillés de sueur, je trouve son clitoris gonflé, frottant des cercles serrés autour du bouton sensible. Ava se débat dans mes bras, sa chatte se serrant autour de mon manche alors que son orgasme s'écrase sur elle.

« C'est ça, bébé, » je la cajole, sans jamais lâcher prise. « Viens pour moi. Viens partout sur ma putain de bite. »

Avec un gémissement aigu, elle se brise, ses parois soyeuses flottant et trayant ma bite. Je pousse une fois, deux fois de plus avant de m'enfouir jusqu'à la garde et de vider ma semence au plus profond de son corps tremblant.

Pendant un long moment, nous restons enfermés ensemble, les poitrines haletantes, les cœurs battant en synchronisation. Ava enfouit son visage dans le creux de mon cou, ses lèvres effleurant ma peau moite. Je lui ai déposé un tendre baiser sur la tempe, savourant sa sensation, son odeur.

« Tu es à moi maintenant, Ava », dis-je d'une voix rauque, toujours enfouie en elle. « Il n'y a pas de retour en arrière. Pas après ça. »

Elle lève la tête, ses yeux rencontrent les miens. Au plus profond d'elle, je vois tout ce que je ressens se refléter en moi – le désir, le besoin, le lien indestructible.

« Je suis à toi, Ryan », murmure-t-elle, la voix lourde d'émotion. « Je l'ai toujours été. »

Alors que le soleil plonge sous l'horizon, peignant le ciel d'oranges et de roses vibrants, nous démêlons nos corps à contrecœur. Les joues d'Ava sont rouges, ses cheveux ébouriffés par notre rencontre passionnée. Elle a l'air complètement débauchée et absolument magnifique.

Je l'aide à remettre ses vêtements, mes mains s'attardant sur ses courbes douces. Je ne peux pas résister à l'envie de lui voler un autre baiser, de savourer son goût, la sensation de son corps souple contre le mien.

Elle est à moi.

Chapitre 6

?...?

Ava

Je sens la chaleur du corps de Ryan s'estomper tandis que je sors du véhicule, le froid de l'incertitude s'infiltrant dans ma peau. L'éclat de notre rencontre passionnée s'estompe sous le poids de la réalité – il n'est ici que temporairement, voué à retourner à sa vie en ville.

Mon pouls s'accélère tandis que je me précipite pour attraper mon sac à main. Je ne peux pas me laisser emporter par un fantasme, peu importe à quel point mon corps a besoin de son contact, à quel point mon cœur aspire à se rendre. Je dois me protéger.

Ryan tend la main vers moi par-dessus la console. « Ava ? Qu'est-ce qui ne va pas ? »

Je me force à sourire, mais il me semble fragile. « Rien. Je dois juste... retourner à la librairie. » Le mensonge a un goût amer sur ma langue.

Il se redresse, alerte. Ses yeux scrutent les miens, perçants et perçants. « Ai-je fait quelque chose ? »

« Non, non... ce n'est pas toi. » Ma voix vacille. Je détourne le regard, me concentrant sur le boutonnage de mon chemisier avec des doigts tremblants.

Ryan se rapproche, sa chaleur m'enveloppe à nouveau. « Parle-moi, Ava. Je vois que quelque chose te tracasse. »

J'inspire brusquement, son parfum inonde mes sens – un mélange enivrant de musc et de désir qui fait faiblir mes genoux. Je me raidis contre l'attraction magnétique, l'envie de retomber dans ses bras et d'oublier l'inévitable chagrin.

« Je vais bien, Ryan. Vraiment. J'ai juste besoin d'un peu d'espace. » Les mots me semblent hérissés dans la gorge.

Ses sourcils se froncent, la confusion et l'inquiétude gravées dans les lignes de son beau visage. « De l'espace ? Est-ce que j'y suis allé trop fort ? Je pensais... » Il s'arrête, l'incertitude embrumant ses yeux.

Je secoue la tête, une boule se forme dans ma gorge. Comment puis-je expliquer la guerre qui fait rage en moi ? La bataille entre le désir et l'instinct de survie ?

« Ce n'est pas ça. C'est juste que... je ne peux pas faire ça. » Ma voix se brise sur le dernier mot.

Ryan tend la main vers moi, son contact me brûle la peau. « Tu ne peux pas faire quoi ? Ava, s'il te plaît, aide-moi à comprendre. »

Je m'écarte, enroulant mes bras autour de moi comme si je pouvais protéger mon cœur de la douleur imminente. « Ça... nous... quoi que ce soit. C'est temporaire, Ryan. Tu vas partir, et je serai... »

Le mot non prononcé pèse lourd dans l'air entre nous. Seul. Abandonné. Comme toujours.

Les yeux de Ryan s'écarquillent, la prise de conscience se fait jour. Il sort de la Jeep et se dirige vers moi.

« Ava... » Il fait un pas vers moi, mais je recule, ma résolution s'effondrant à chaque seconde qui passe.

« Je dois y aller. » J'attrape enfin mon sac à main, ma vision se brouillant de larmes retenues. « Je suis désolé. »

Avant qu'il ne puisse répondre, je m'enfuis, mon cœur se brisant à chaque pas. La porte se referme derrière moi avec un retentissement final, scellant le souvenir de son toucher, de son goût, de son amour.

Un amour que j'ai peur de revendiquer comme mien.

Chapitre 7

?. . .?

Ava

J'ai du mal à me concentrer sur les livres que je range, mon esprit encore sous le choc du départ soudain de la nuit dernière. Le visage de Ryan, gravé de confusion et d'inquiétude, me hante. Le carillon de la porte me fait sursauter, et je me retourne pour le trouver debout là, sa présence emplissant la petite librairie.

« Ava, nous devons parler. » Sa voix est douce mais ferme, ses yeux cherchant les miens pour des réponses.

J'avale difficilement, ma prise se resserrant sur le livre dans ma main. « Il n'y a rien à dire, Ryan. Je te l'ai dit, ça... ça ne marchera pas. »

Il s'approche, sa chaleur m'enveloppant. « Pourquoi ? Parce que tu penses que je vais partir ? Ava, je ne vais nulle part. »

Je ris amèrement, le son creux dans mes oreilles. « C'est ce qu'ils disent tous. Mais à la fin, ils partent toujours. Et je me retrouve à ramasser les morceaux de mon cœur brisé. »

Ses yeux s'assombrissent. « Qui sont-ils ? »

J'avale. « Mon ex, et... et mon père. » Admettre la vérité me fait mal. Que mon père m'a abandonnée après ma mère, me laissant toute seule avec ma grand-mère – qui était merveilleuse, mais quand même. Ça me fait mal de ne pas avoir été suffisante. Qu'il soit parti.

La main de Ryan prend ma joue, son pouce essuie une larme perdue dont je n'avais même pas remarqué qu'elle était tombée. « Je ne suis pas comme eux, Ava. Je ne te ferais jamais de mal. »

Je secoue la tête, m'éloignant de son contact. « Tu ne peux pas promettre ça. Personne ne le peut. »

Je me détourne, occupée à ranger les étagères déjà immaculées.

Sa main sur mon épaule me fait doucement me retourner vers lui. « Ava, écoute-moi. Je sais ce que c'est que d'avoir peur d'être blessé. Je suis déjà passé par là. »

Je croise son regard, surprise par la vulnérabilité brute que j'y vois. « Que veux-tu dire ? »

Il prend une profonde inspiration, comme s'il se préparait. « Ma mère est partie quand j'étais enfant. Elle a juste fait ses bagages et est partie un jour, sans explication. Et mon père... il n'était pas vraiment du genre à prendre soin des autres. J'ai grandi en pensant que l'amour était une faiblesse, qu'il ne menait qu'à la souffrance. »

Mon cœur souffre pour le petit garçon qu'il était autrefois, l'homme qu'il est devenu malgré tout. « Ryan, je suis vraiment désolé. »

Il secoue la tête, un sourire triste aux lèvres. « Je ne te dis pas ça pour avoir de la sympathie, Ava. Je te le dis parce que je veux que tu comprennes que je comprends. Je sais combien il est difficile de faire confiance, de laisser entrer quelqu'un. Mais je sais aussi que si tu ne prends pas ce risque, tu vas rater quelque chose d'incroyable. »

Je me mords la lèvre, déchirée entre le désir de tomber dans ses bras et la peur de ce qui arrivera quand il partira inévitablement.

Ses doigts parcourent ma colonne vertébrale, déclenchant des étincelles sous ma peau. Je frissonne, me serrant plus fort, ayant Ava, » souffle-t-il, ses lèvres effleurant mon oreille. « Tu es tellement belle. »

Je penche la tête en arrière, rencontrant son regard brûlant. « Je ne suis pas- »

« Ne fais pas ça. » Sa prise se resserre, ses yeux intenses. « Ne te rabaisse pas. Tu es magnifique, à l'intérieur comme à l'extérieur. Et je vais passer chaque foutu jour à te le prouver jusqu'à ce que tu y croies. »

Les larmes me piquent les yeux à la ferveur de ses mots. Personne ne m'a jamais fait me sentir aussi vue, aussi chérie. « Ryan... »

« Je le pense, chérie. Je suis là, et je ne vais nulle part. Pas à moins que tu ne me le dises. »

Je secoue la tête avec véhémence. « Non. Reste. S'il te plaît. »

Un sourire lent se répand sur son visage, sa fossette apparaissant. « Je ne voudrais être nulle part ailleurs. »

Puis sa bouche est sur la mienne, chaude et exigeante. Je gémis dans le baiser, écartant mes lèvres pour lui donner accès. Sa langue balaie à l'intérieur, me réclamant, me consumant.

Je me perds dans les sensations – le frottement de sa barbe de trois jours contre ma peau, la pression de son corps dur, son goût enivrant. Tous les doutes et les insécurités s'évanouissent jusqu'à ce qu'il ne reste plus que cet instant, cet homme.

Ses mains parcourent mes courbes, laissant des traînées de feu dans leur sillage. Je me cambre sous son contact, suppliant silencieusement pour en avoir plus. Il grogne d'approbation, ses doigts glissent sous l'ourlet de mon pull pour s'étaler sur ma peau nue.

« Ryan, s'il te plaît... » Je ne sais même pas ce que je demande, je sais juste que j'ai besoin de lui comme j'ai besoin d'air.

« Je te tiens, bébé », promet-il, sa voix éraillée par le désir. « Je te donnerai tout. »

Et alors qu'il me porte à l'étage et me dépose sur le lit, son poids délicieusement lourd, je le crois.

Les mains de Ryan effleurent ma cage thoracique, son toucher électrique même à travers le tissu de mon haut. Je frissonne, ma peau se couvre de chair de poule alors que l'impatience monte dans mon ventre.

Ses doigts plongent sous l'ourlet, effleurant la peau sensible à cet endroit. J'inspire brusquement. Il s'arrête, ses yeux cherchant la permission.

J'acquiesce, ne faisant pas confiance à ma voix. Lentement, avec révérence, il soulève le vêtement par-dessus ma tête, le jetant de côté. L'air frais lave ma peau exposée mais il est rapidement chassé par la chaleur de son regard.

"C'est tellement beau, putain", murmure-t-il, presque pour lui-même.

La gêne lutte contre le désir alors que ses yeux me parcourent lentement. Je sais qu'il m'a déjà vue auparavant, mais cette fois c'est différent. C'est lent et déterminé et... vulnérable. Je lutte contre l'envie de me couvrir, de cacher les courbes douces et les vergetures qui cartographient l'histoire de mon corps.

Comme s'il sentait mon malaise, Ryan se penche, traçant de doux baisers le long de ma clavicule, le long de ma gorge. "Parfait", murmure-t-il contre mon point de pouls. « Chaque centimètre de toi. »

Les larmes me piquent les paupières devant la sincérité brute de son ton. Je passe mes doigts dans ses cheveux, l'ancrant à moi. Il prodigue son attention à mon cou, à ma mâchoire, peignant la dévotion avec ses lèvres et sa langue.

Mes mains glissent sous sa chemise, impatientes de cartographier les plans durs de son dos, la flexion de ses muscles. Il m'aide à l'enlever avant de redescendre sa masse sur moi, peau contre peau.

Le frottement rugueux des poils de sa poitrine qui écorchent mes tétons envoie des étincelles de plaisir à travers moi. J'accroche une jambe sur sa hanche, l'attirant plus près, savourant son poids.

Nos bouches se rencontrent à nouveau, profondes et enivrantes. Il n'y a pas d'urgence malgré l'intensité, juste une exploration lente et minutieuse. Il a le goût du retour à la maison et d'un nouveau départ tout à la fois.

Je me perds dans la sensation – le toucher, le goût et l'odeur. Le reste du monde s'effondre jusqu'à ce qu'il ne reste que nous, que cela. Deux âmes brisées trouvant du réconfort l'une dans l'autre.

Ses mains sont partout, elles caressent mes seins, suivent mes courbes, me font frissonner le long de la colonne vertébrale. Les miennes sont tout aussi gourmandes, elles apprennent chaque centimètre de lui.

Quand ses doigts glissent entre mes cuisses, je halète bruyamment. La sensation d'être touchée à cet endroit me fait tourner la tête. Ryan me taquine avec brio, me donne des coups de coude à l'entrée avant de remonter pour caresser mon clitoris.

Le plaisir monte en flèche, brûlant et aveuglant. « Ryan », je halète.

« Je te tiens, bébé », grogne-t-il, puis sa bouche est sur moi, suçant mon clitoris dans sa bouche, sa langue effleurant et lapant jusqu'à ce que je sanglote son nom et que je m'envole en morceaux.

L'orgasme me secoue jusqu'au plus profond de moi, me laissant sans souffle et tremblante dans son sillage.

Ryan n'en a pas encore fini avec moi. Il se hisse au-dessus de moi, écartant les cheveux de mon visage. « Regarde-moi », exige-t-il, les yeux besoin de sentir chaque centimètre de lui contre moi.

Je croise son regard, me noyant dans l'intensité que j'y trouve. « À toi », je halète.

Un sourire tire ses lèvres, une lueur malicieuse dans ses yeux. « C'est vrai, Ava. Tu es à moi. »

Puis il est en moi, dur et profond, m'étirant de la meilleure façon possible. Je me resserre autour de lui, mon corps réagissant à son instinct.

Il pousse, lentement au début, puis en prenant de la vitesse. Chaque coup puissant me met le feu.

« Dis-moi que tu me veux », ordonne-t-il. «

Je... je te veux, Ryan », je gémis, mes joues rougissant mais mon besoin surpassant toute timidité persistante.

Il grogne en réponse, enfouissant son visage dans le creux de mon cou alors qu'il pousse plus profondément, plus fort. « Dis-le plus fort, bébé. Supplie-moi. »

« Je te veux, Ryan ! J'ai besoin de toi ! » Les mots sortent de ma bouche, non filtrés et bruts, et Dieu, que c'est bon.

Sa réponse est muette, un gémissement arraché de sa gorge alors qu'il accélère le rythme. Je peux sentir la tension se resserrer de plus en plus, la chaleur entre mes jambes s'intensifier une fois de plus.

"C'est ça", grogne-t-il, "viens pour moi encore, Ava. Viens avec moi."

Le monde bascule sur son axe alors que je fais exactement cela, en spirale par-dessus le bord avec un cri tout-puissant. Ryan suit, son corps se tendant au-dessus du mien avant de s'effondrer contre moi, respirant de manière saccadée, épuisé.

Alors que nous reprenons notre souffle, nos cœurs battant à l'unisson, je regarde dans ses yeux et y vois une vérité que je n'avais jamais vue auparavant.

"Je... je t'aime, Ava", murmure-t-il entre deux respirations, ses yeux débordant d'émotion.

Les larmes montent dans les miennes alors que je caresse tendrement sa joue. "Je t'aime aussi, Ryan."

Nous restons enlacés pendant ce qui semble être une éternité, nos corps toujours joints alors que nos pouls ralentissent progressivement jusqu'à un rythme normal. La pièce autour de nous disparaît, et c'est comme si nous n'étions que tous les deux dans ce monde.

« Je ne te quitterai jamais, putain, ma belle créature. Tu es à moi. »

Chapitre 8

?...?

Ryan

Mon téléphone vibre sans cesse dans ma poche alors qu'Ava et moi marchons main dans la main dans les rues tranquilles. Je l'ignore au début, ne voulant pas que quoi que ce soit vienne interrompre ce moment parfait avec elle. Mais les vibrations persistent avec urgence.

« Désolé, je devrais probablement vérifier ça », marmonnai-je en lançant à Ava un regard d'excuse. Elle hoche la tête avec compréhension tandis que je sors mon téléphone à contrecœur.

« Callahan », j'aboie dans le combiné. C'est mon capitaine du commissariat. Il y a eu une avancée majeure dans l'affaire Carmichael et ils ont besoin de tout le monde sur le pont. On me rappelle immédiatement en ville.

« Je comprends », répondis-je sèchement avant de raccrocher. Un lourd soupir s'échappe de mes lèvres alors que je me tourne vers Ava. Ses sourcils sont froncés d'inquiétude, ces yeux pleins d'âme scrutant les miens.

« Qu'est-ce qu'il y a ? Qu'est-ce qui ne va pas ? » demande-t-elle doucement en me serrant la main.

« C'était du travail. Il y a une urgence et ils ont besoin que je revienne en ville au plus vite. » J'explique, la mâchoire serrée de frustration.

Son visage s'assombrit et elle retire sa main, croisant les bras de manière protectrice sur sa poitrine. « Oh. Je vois. » Répond-elle, la voix teintée de résignation. « Eh bien, je suppose que ce fantasme de ville de montagne ne peut pas durer éternellement... »

Je tends la main vers elle, mais elle recule d'un pas. « Ava, attends, ce n'est pas comme ça. Cette chose entre nous, c'est réel. »

Mais je peux voir les doutes prendre racine dans ses yeux, la façon dont ses épaules se courbent vers l'intérieur. « C'est bon, Ryan. Je comprends. Tu dois retourner à ta vie de grande ville. Et j'ai ma petite librairie. Nous venons de mondes différents. »

« Ce n'est pas vrai ! Ava, s'il te plaît. Laisse-moi juste t'expliquer... » Mais elle se détourne déjà de moi, accélérant le pas.

« Je devrais y aller. Bon voyage de retour en ville, officier Callahan. » Elle le dit par-dessus son épaule, sa voix se brisant sur mon nom.

Je la regarde, impuissante, reculer sur le trottoir, sa silhouette pulpeuse disparaissant au coin de la rue. Putain ! Je me passe la main sur le visage.

Ce qu'Ava et moi avons est spécial. En peu de temps, elle a bouleversé mon monde de la meilleure des manières. Ces courbes douces, cet esprit brillant, la façon dont elle me regarde comme si j'étais son héros... Je ne peux pas la perdre.

Je commence à avancer dans la direction qu'elle a prise, déterminé à arranger les choses. Pour faire comprendre à Ava qu'aucune distance ne peut changer ce que je ressens pour elle. Que cette fille de petite ville a complètement conquis mon cœur de grande ville.

Mon cœur bat à tout rompre tandis que j'accélère le pas. La ville peut attendre, je dois trouver Ava maintenant. Je sprinte dans la direction où elle s'est enfuie, scrutant les devantures pittoresques qui bordent la rue.

Puis je l'entends, un cri perçant l'air devant moi.

Ava.

Au coin de la rue, je vois du rouge. Un salaud a sa main sale serrée autour du bras d'Ava alors qu'elle lutte pour se libérer, son beau visage gravé de peur.

« Enlève tes mains d'elle ! » Je rugis, me rapprochant furieusement. L'adrénaline chante dans mes veines.

Le type lève les yeux, surpris, sa prise se desserrant juste assez pour qu'Ava puisse se dégager. Elle recule en titubant, serrant son bras. Ma vision se creuse sur l'homme bientôt mort.

"Mais qui es-tu ?" crache-t-il en se mettant face à moi. Je peux dire à son visage sournois qu'il s'agit de l'ex-sale d'Ava. Traitez-moi de harceleur, mais j'ai rapidement mis toutes mes ressources de flic à contribution et j'ai découvert comment ce connard était quand j'ai découvert son existence. Celui qui l'a fait douter d'elle-même, lui a brisé le cœur.

Je ne m'embête pas à répondre. Je laisse mes poings parler. Un coup solide sur sa mâchoire le fait chanceler. Il frappe sauvagement mais j'esquive, mon entraînement faisant effet, et je lui assène un autre coup dans le ventre. Il se plie en deux avec une respiration sifflante.

L'attrapant par le col, je le soulève brusquement pour lui gronder au visage.

« J'ai entendu dire que tu étais un citadin. Si tu savais ce qui est le mieux pour toi, tu retournerais dans le caniveau d'où tu es sorti. Tu as compris ? Et si jamais tu la regardes à nouveau, je t'achève. Tu comprends ? »

Il émet un son étouffé que je prends pour un consentement. D'une dernière poussée, il s'effondre sur le trottoir, évanoui.

Le souffle court, je me tourne vers Ava. Elle fixe la forme allongée de son ex, puis moi, ses yeux verts écarquillés et vitreux sous le choc.

« Ryan... » murmure-t-elle, commençant à trembler.

En deux enjambées, je suis là, la serrant fort contre ma poitrine. Elle s'accroche à moi, les mains serrées dans mon t-shirt.

« Je te tiens, chérie, » murmurai-je dans ses cheveux, passant des mains apaisantes dans son dos. « Tu es en sécurité. Je suis là. »

Je serai toujours là pour elle, quoi qu'il arrive. Cette femme courageuse et belle m'a, corps et âme. Et d'une manière ou d'une autre, je vais le lui prouver.

Je la soulève dans mes bras, ignorant son couinement surpris. « Quoi ? » Je lui souris. « Ne suis-je pas l'héroïne forte et robuste dont tu as rêvé ? »

Ava rougit.

Ce rougissement fait des merveilles pour mon ego. Je la ramène à son magasin, monte les escaliers jusqu'à son appartement douillet au-dessus. Je ferme la porte d'un coup de pied et la remets debout.

« Reste », je grogne, la voix rauque de désir tandis que je déboutonne ma chemise.

Ses yeux dévorent chaque centimètre de peau nue, envoyant une impulsion rougeoyante directement dans mon aine.

Je baisse mon pantalon, libérant mon érection dure comme du roc. Ses yeux s'écarquillent, puis descendent le long de mon corps.

« Ryan... » gémit-elle, le désir luisant les yeux.

« Dis-moi ce que tu veux, chaton. »

« Toi », gémit-elle, décroisant les bras pour tirer sur son sweat à capuche. « Je te veux, Ryan. Tellement. »

« Putain, c'est vrai, tu le veux. » Je me dirige vers elle, la poussant contre le mur. « Et tu vas m'avoir tout entière, Ava. Chaque centimètre, jusqu'à ce que tu sois marquée par mon toucher. »

J'écrase mes lèvres contre les siennes, dévorant sa douceur. Ava répond avec la même ferveur, ses courbes douces se moulant parfaitement contre moi.

« Tu ne comprends pas à quel point je suis obsédée par toi ? » parvins-je à dire entre deux baisers, faisant glisser mes lèvres le long de son cou. « Toutes ces belles courbes sont à moi. »

Son souffle s'accélère alors que je prends sa poitrine en coupe, caressant son mamelon dur à travers sa chemise. « Ryan... »

« Dis-le, Ava. Dis-moi à qui tu appartiens. »

« T-toi, » halète-t-elle, les hanches se cambrant sous mon contact.

« Je vais te baiser si fort que je mettrai un bébé en toi, » grogne-je, glissant une main entre ses jambes, la trouvant trempée. « Pour que le monde entier sache à qui tu appartiens. »

« Oui, oui, s'il te plaît. »

Ces mots sont ma perte. Je la soulève et la plaque contre le mur. Ses jambes s'enroulent autour de ma taille.

« Ryan, » gémit-elle, enfonçant ses ongles dans mes épaules.

« Je t'ai eu, chaton. » Je me glisse en elle, la remplissant jusqu'à la garde. « Tellement serré. »

« Ryan ! » hurle-t-elle, la tête rejetée en arrière.

Je commence un rythme punitif, poussant en elle, réclamant chaque centimètre qui m'appartient de droit. Les ongles d'Ava ratissent mon dos alors qu'elle gémit mon nom sans fin. Cette déesse complexe et courbée est ma perte.

"Tu es si bonne, Ava," je gémis, accélérant le rythme. "Tellement bon."

"Ryan, je..."

"Quoi, chaton ?" je grogne, taquinant son clitoris.

"Je... t'aime...", halète-t-elle, cambrant le dos. "S'il te plaît, ne me quitte jamais."

Ces trois mots et sa supplication brisée me font basculer. Avec une dernière poussée, j'explose en elle, rugissant de ma libération. Alors que ma bite convulse, la remplissant de ma semence, le corps d'Ava se brise autour de moi, ses parois me serrant plus fort que jamais.

"Je ne pourrais jamais te quitter, bébé. Tu es à moi. Maintenant et pour toujours, lui dis-je en écartant une mèche de cheveux de son front, admirant son visage rougi et l'éclat de la sueur sur son front. Les yeux d'Ava s'ouvrent, embrumés de satisfaction et de quelque chose de plus profond, de plus profond.

« Tu le penses vraiment ? » murmure-t-elle, la vulnérabilité s'infiltrant dans sa voix. « Même avec ton gros travail important en ville ? »

Je prends tendrement son visage dans mes mains, soutenant son regard émeraude avec l'intensité de ma conviction. « Ava, écoute-moi. Ouais, mon travail est important. Mais toi... tu es tout. »

Je ponctue ma déclaration d'un baiser brûlant, versant chaque once de ma dévotion dans la pression de mes lèvres contre les siennes. Elle fond en moi, ses doigts se faufilant dans mes cheveux.

« Je t'aime, » murmurai-je contre sa bouche. « Tellement. Et je passerai chaque jour à te le prouver si c'est ce qu'il faut. »

Ava sourit tremblante, ses yeux brillants de larmes retenues. « Je t'aime aussi, Ryan. Je n'aurais jamais pensé pouvoir ressentir ça pour quelqu'un. »

« Crois-moi, chaton." Je lui lance un sourire espiègle. " Tu es coincée avec moi maintenant. Pas de retour en arrière. "

Elle rit, le doux son me réchauffant de l'intérieur. " Je suppose qu'il y a des destins pires. "

« Putain, c'est vrai. » Je caresse son cou, inhalant son parfum enivrant. « En fait, j'en vois quelques-unes que j'aimerais explorer avec toi en ce moment... »

Ava frissonne tandis que je mordille sa peau sensible. « Encore ? Mais qu'en est-il ? — »

« La ville sera toujours là demain, et tu peux parier que je n'y retournerai jamais sans t'emmener avec moi. À partir de maintenant, où je vais, tu vas, et vice versa, » je l'assure en nous guidant vers le lit. « Ce soir, j'ai l'intention d'adorer chaque centimètre de toi. »

Je l'allonge sur la couette, prenant un moment pour admirer la façon dont ses cheveux se déploient sur l'oreiller, ses lèvres gonflées par les baisers, le soulèvement de sa poitrine parfaite. Mes yeux parcourent ses courbes somptueuses d'un air possessif.

« Mon Dieu, tu es tellement belle, » je râle, ma voix épaisse de désir renouvelé. « Je n'en aurai jamais assez de toi. »

« Alors prends-moi », me défie Ava, une audace nouvellement retrouvée dans les yeux alors qu'elle tend la main vers moi. « Je suis à toi, Ryan. Complètement. »

Un grognement primaire gronde dans ma poitrine alors que je recouvre son corps du mien une fois de plus, me perdant dans ses lèvres mielleuses et sa chaleur de velours. Ce juste ici, enfoui à l'intérieur de la femme que j'aime, est le seul foyer dont j'aurai jamais besoin.

Le reste du monde s'efface alors que nous faisons l'amour, lentement et profondément, savourant chaque halètement et gémissement, chaque tremblement et étreinte. À chaque poussée puissante, je déverse ma dévotion dans son corps consentant, me marquant sur son âme même.

Ava se cambre sous moi, criant son plaisir dans l'air chargé, ses ongles marquant mon dos. Je gémis son nom comme une prière tandis que ses murs de soie flottent autour de moi.

"C'est ça, bébé. Prends tout de moi", je l'encourage à travers mes dents serrées, luttant contre l'envie d'exploser alors que sa chaleur serrée me serre comme un étau. "Tu sens à quel point tu me rends dur ? À quel point tu me rends fou ?"

"Oui ! Oh mon Dieu, Ryan !" Ava sanglote, se tordant sous mes hanches qui pompent. "N'arrête pas, s'il te plaît, n'arrête jamais !"

« Jamais », je jure, en passant la main entre nous pour encercler son clitoris gonflé. « Je n'arrêterai jamais de t'aimer, Ava. De te baiser. De remplir cette douce chatte de mon sperme. »

Elle soupire haut dans sa gorge, le dos courbé hors du lit alors que son orgasme s'écrase sur elle. Ses parois spasment autour de ma bite palpitante, me trayant de tout ce que je vaux. Avec un cri guttural, je m'enfouis jusqu'à la garde et me lâche, peignant son utérus avec d'épaisses cordes de ma semence.

« Ava ! » je rugis, les hanches se secouant de manière erratique alors que je me vide dans son canal palpitant. Au loin, je suis conscient de ses doigts qui s'enfoncent dans mon cul, m'attirant incroyablement plus profondément.

« Oui, Ryan ! Remplis-moi ! » gémit-elle sans retenue, se frottant contre moi. « Je veux tout. Je veux être dégoulinante avec toi. »

« Putain ! » je siffle, des étoiles explosant derrière mes paupières à ses mots orduriers. Cette petite rat de bibliothèque timide et douce va me tuer. La meilleure des morts.

Lentement, je m'effondre sur elle, en prenant soin de ne pas l'écraser. Les bras d'Ava s'enroulent immédiatement autour de mon cou, ses doigts jouant avec les cheveux humides de sueur sur ma nuque. Je me blottis dans le creux de son épaule, déposant des baisers langoureux sur sa peau fiévreuse.

"Je t'aime", murmure-t-elle, sa voix tremblante d'émotion. "Je t'aime tellement que ça me terrifie."

Je lève la tête pour rencontrer son regard chatoyant, mon cœur se serrant devant la vulnérabilité que j'y trouve. Prenant son visage en coupe, je passe mes pouces sur ses pommettes rouges.

"Je sais, bébé. Je le ressens aussi. Cette chose entre nous... c'est énorme. Elle va changer ma vie." Je dépose un tendre baiser sur ses lèvres tremblantes. "Mais je ne vais nulle part, Ava. Tu es tout pour moi. La fin du jeu."

Un sourire radieux s'épanouit sur son visage, si beau qu'il me coupe le souffle. Elle m'attire vers elle pour un autre baiser lent et profond qui enflamme à nouveau mon sang.

« Montre-moi," murmure-t-elle contre ma bouche. "Montre-moi combien tu m'aimes, Ryan."

Et je le fais. Encore et encore, vénérant son corps avec des mains respectueuses et des lèvres ardentes, jusqu'à ce que les premiers rayons de l'aube peignent sa chair rassasiée de traits d'or.

épilogue

?...?

Un an plus tard,

Ava

La cloche au-dessus de la porte de la librairie tinte joyeusement lorsque Ryan la pousse pour l'ouvrir, sa silhouette robuste remplissant l'entrée. Mon cœur palpite à la vue de mon mari, comme chaque jour lorsqu'il arrive pour notre déjeuner.

"Salut beau", me salue-t-il, sa voix grave me faisant frissonner le long du dos. Ses yeux bleu électrique parcourent mes courbes avec appréciation alors qu'il s'approche de moi.

"Salut beau gosse", répondis-je timidement, un rougissement me chauffant les joues. Même après un an de mariage, Ryan me fait toujours me sentir comme une écolière étourdie avec son regard intense et sa présence imposante.

Et putain, qu'est-ce qu'il est sexy dans son uniforme de policier. Sérieusement, je n'ai jamais pensé que j'étais une de ces filles qui s'évanouissent devant les hommes en uniforme, mais mon mari dans son uniforme suffit à me faire mouiller à chaque fois.

Il me rejoint et me tire dans ses bras forts, m'enveloppant de son parfum chaud et musqué. Je me fond dans son étreinte, savourant la sensation de son corps dur pressé contre le mien. Sa grande main glisse possessivement sur la courbe de mes fesses.

« Tu m'as manqué, bébé », murmure-t-il d'une voix rauque, en se blottissant dans mon cou et en déposant un baiser chaud juste sous mon oreille. « J'ai pensé à toi toute la matinée. »

Je frissonne, le désir s'accumulant dans mon ventre à ses mots. « Tu m'as manqué aussi », je souffle, inclinant la tête pour lui donner un meilleur accès. « Je suis si content que tu sois là. »

Ryan passe ses mains sur mes flancs, ses pouces effleurant les côtés de mes seins pleins et me faisant haleter. Il rit doucement, le son grondant dans sa poitrine.

« Déjeunons rapidement pour que je puisse passer plus de temps à te montrer à quel point tu m'as manqué », suggère-t-il méchamment, les yeux s'assombrissant de désir.

Je hoche la tête avec impatience, me mordant la lèvre. Mon corps vibre déjà de désir pour lui. Après tout ce temps, je n'en ai toujours pas assez. Avec une dernière pression, Ryan me libère et je le conduis au comptoir, nos déjeuners et un moment d'intimité ensemble nous attendent. Je suis tellement reconnaissante qu'il ait abandonné son travail stressant en ville pour être ici avec moi, le shérif de notre petite ville pittoresque. Je ne sais pas ce que je ferais sans nos moments volés ensemble dans ma librairie tous les jours.

Nous mangeons rapidement, échangeant des regards passionnés et des plaisanteries en chemin. J'ai hâte qu'il me touche à nouveau, qu'il sente ses mains fortes sur mon ventre gonflé, qu'il entende les choses dégoûtantes qu'il me murmure à l'oreille. J'en suis venue à les désirer, à le désirer, plus que je n'aurais jamais cru possible.

Dès que nous avons fini nos sandwichs, Ryan se lève, la bosse dans son pantalon évidente. Il s'approche, passe un bras autour de ma taille et m'attire contre lui. « Je ne peux plus attendre », grogne-t-il, sa voix basse et grondante me fait froid dans le dos.

« Moi non plus », je l'avoue avec un sourire timide. Mes entrailles se liquéfient alors qu'il me soulève sur le comptoir, écartant largement mes jambes. Il est toujours si attentionné, même maintenant que mon ventre est rond avec notre enfant.

« Je n'arrive pas à croire que nous allons avoir un petit être humain ensemble », s'émerveille-t-il en passant une main sur mon ventre. « Un rappel constant de combien tu es à moi. »

Ses mots me font frissonner et je gémis alors qu'il glisse un doigt en moi, effleurant mon bouton gonflé. « Ryan », je halète en cambrant le dos. Je suis déjà à cran, j'en veux plus.

« Tu aimes ça, n'est-ce pas, chérie ? » demande-t-il, sa voix basse et grondante dans mon oreille.

« Je... je l'aime. » J'ai du mal à penser clairement avec ses doigts habiles qui me taquinent.

« Dis-moi ce que tu veux », grogne-t-il en me mordillant le cou.

Tout mon corps rougit.

« Je te veux », je gémis, mon visage rougissant.

« Tu veux que je jouisse dans ta chatte humide ? » Ses doigts accélèrent le rythme, et je suis déjà au bord du gouffre.

« O-oui, Ryan ! » je crie alors que mon orgasme s'abat sur moi, vague après vague de plaisir me submergeant.

« C'est ma bonne fille », me félicite-t-il en m'embrassant durement, sa langue envahissant ma bouche alors qu'il me dévore. Je suis une flaque au moment où il s'éloigne, mais il n'en a pas encore fini avec moi.

En retournant le panneau sur « Fermé », il me prend dans ses bras et me porte à l'arrière du magasin. Là, il m'allonge sur une pile de couvertures en peluche que nous avons posées là juste pour ça.

« Écarte les jambes pour moi, Ava. » Sa voix est rauque de désir, et je m'exécute docilement.

« Je t'aime, Ryan », je gémis, mes yeux lourds de désir alors qu'il se positionne à mon entrée.

« Je t'aime aussi, Ava », dit-il, sa voix possessive alors qu'il s'enfonce en moi, me remplissant complètement. "Pour toujours et à jamais."

Je gémis, enroulant mes jambes autour de sa taille et le tirant plus près de moi alors que nous nous perdons l'un dans l'autre, nos corps bougeant en parfaite harmonie.

Ryan place sa main protectrice sur mon ventre gonflé alors qu'il continue à me scier en dedans et en dehors.

"Tu es tellement magnifique comme ça," grogne Ryan, sa main écartée de manière possessive sur mon ventre rond alors qu'il s'enfonce en moi. "Tout plein de mon bébé, tes seins gonflent, ton corps change. Putain, c'est la chose la plus chaude que j'aie jamais vue."

Je gémis sans retenue, ma tête se débattant contre les couvertures alors que le plaisir me consume. La façon dont il parle, le besoin brut dans sa voix, ça me met le sang en feu. "Oui, Ryan," je gémis. "Je suis tout à toi. Ce corps est tout pour toi."

"Putain, c'est vrai," grogne-t-il, claquant plus fort ses hanches, sa bite frappant cet endroit secret en moi qui fait exploser des étoiles derrière mes yeux. « Cette jolie chatte m'appartient. Je vais te remplir encore et encore jusqu'à ce que tu portes un autre de mes bébés. »

« S'il te plaît, » je supplie sans vergogne, trop loin pour me soucier de mon désespoir. « Je le veux, je te veux tellement profondément. Fais-moi jouir, Ryan. »

Il émet un son dur, presque comme un rugissement, puis il me martèle, impitoyable, implacable. Une main serre toujours mon ventre tandis que l'autre trouve mon clitoris, frottant des cercles durs. « Viens sur ma bite, » exige-t-il brutalement. « Fais-moi jouir avec cette chatte gourmande. »

Ses mots orduriers sont ma perte. J'explose avec un cri silencieux, mes parois se refermant sur lui comme un étau alors que l'extase me traverse. Ryan me suit par-dessus bord en criant, ses hanches se retournant alors qu'il se déverse en moi, peignant mon ventre de sa semence.

« Jésus, Ava, » halète-t-il après, posant son front en sueur contre le mien. « La façon dont tu t'abandonnes à moi... Putain, bébé, tu es parfaite. »

« Je ne peux pas m'en empêcher, » je ris à bout de souffle, en caressant sa joue barbue. « Tu me transformes en une épave nécessiteuse. Je te laisserais volontiers mettre un bébé en moi chaque année si cela signifie que je peux t'avoir comme ça pour toujours. »

« Tu as un marché, ma puce, » grogne-t-il, attrapant mes lèvres dans un baiser profond et sensuel. « J'ai l'intention de passer le reste de ma vie à vénérer ce corps et à te garder pieds nus et enceinte. »

Je soupire de bonheur dans le baiser, mon cœur si plein qu'il pourrait éclater. Je n'aurais jamais imaginé que je pourrais avoir un amour comme celui-ci, si dévorant et passionné. Mais Ryan a fait irruption dans ma vie et m'a si complètement revendiquée que je ne me souviens plus de ce que ça faisait de ne pas être à lui.

Alors qu'il commence à durcir à nouveau en moi, prêt pour le deuxième round, j'adresse une prière silencieuse de remerciement pour que cet homme incroyable soit mien et que ce soit mon éternité. Des après-midis de farniente dans ma librairie, à faire l'amour et à faire des bébés, avec la personne que je chéris le plus au monde. Je ne pourrais rien demander de plus.

Vous voulez un livre gratuit d'Emma Bray ? Allez sur www.authoremmabray.com.

Continuez à lire pour un extrait de Tennessee Whiskey.

Nick

Je baisse la vitre et respire l'odeur de l'herbe fraîchement coupée tandis que je fonce sur la vieille autoroute d'état qui ressemble maintenant à une sorte de route de campagne. Bien qu'il fasse humide et chaud comme l'enfer dans l'atmosphère du sud, l'odeur fraîche et terreuse du Tennessee commence à me mettre de meilleure humeur. Juste un tout petit peu.

C'est sûr que c'est mieux que l'odeur mécanique et polluée de Boston de toute façon.

Les journalistes. Toujours dans mon visage, essayant de transformer n'importe quoi en scandale. Lancer des rumeurs.

Ouais, ce n'est pas étonnant que j'aie un air renfrogné en permanence.

Bien sûr, j'ai gardé ma maison en ville, mais ce sera agréable d'avoir cette maison de campagne pour m'évader quand j'aurai envie de faire une pause, et j'en ai désespérément besoin en ce moment.

En tant que propriétaire de l'une des plus grandes sociétés de logiciels au monde, je peux travailler d'où je veux. Oui, il y a certaines réunions que je dois mener en personne en ville, mais il n'y a aucune raison pour que je ne puisse pas en mener certaines aussi virtuellement. Loin de tout le monde.

Et j'ai obtenu ce manoir dans le Tennessee pour une bouchée de pain. Ce qui serait normalement une maison de trente millions de dollars à Boston, je l'ai eu pour seulement deux millions. Ce n'est pas comme si je manquais de finances. Je suis l'un des célibataires milliardaires les plus en vue de Boston - un surnom qui me fait froncer les sourcils rien qu'en y pensant - mais je suis un investisseur intelligent, au moins, donc je ne pouvais pas laisser passer l'affaire quand je l'ai trouvée.

Je n'ai jamais vécu à la campagne auparavant. Je suis né en ville, avec du béton sous les pieds et tout ça, mais mes parents sont d'ici, donc j'ai des relations dans le coin même si je ne les ai jamais explorés. Il est peut-être temps que je me reconnecte à mes racines et que je ralentisse un peu le rythme.

Je voudrais juste que mes parents soient là pour partager mon succès. Ils sont morts dans un accident de voiture quand j'étais adolescent, donc ils n'ont jamais pu voir mon ascension vers le statut de milliardaire, et ils n'étaient pas là pour que je leur achète la maison de leurs rêves dans leur ville natale, donc je suppose que je fais ça en partie en leur honneur.

Je tends la main pour allumer la radio et grimace quand le ton de la musique country filtre dans l'air. Je me dépêche de changer de station. J'ai peut-être envie de la solitude et de la beauté de la campagne, mais cela ne veut pas dire que j'apprécie les gémissements de la musique country. Mes goûts sont beaucoup plus raffinés. Je trouve enfin une station qui diffuse un instrument léger et je m'arrête là.

Quand mes yeux se tournent à nouveau vers la route, je freine brusquement en jurant et je m'arrête en dérapant.

Une jeune femme se tient sans crainte au milieu de la route, la main levée pour arrêter la circulation. Certes, je suis le seul à circuler. Il n'y a pas d'autres voitures sur cette route autrement déserte, mais quand même. Mon Dieu, j'aurais pu l'écraser.

Ma poitrine se soulève sous l'adrénaline de mon cœur qui bondit dans ma poitrine de panique à l'approche de la collision, mais la fille ne semble pas s'en soucier. Ses cheveux roux flamboyants bouclent tout autour de son visage et de ses épaules comme une crinière de lionne avant de tomber jusqu'à sa taille. Ils sont indisciplinés et sauvages, ce qui lui donne un air indompté.

Mes yeux parcourent sa silhouette élancée, du débardeur bleu ciel et du short coupé délavé aux fines tongs couleur fauve qu'elle porte aux pieds avec des ongles peints en rouge.

Je la regarde avec fascination se baisser et ramasser quelque chose au milieu de la route. Quand elle se redresse, je vois ce qu'elle tient dans sa main et je pousse un éclat de rire incrédule.

Une tortue. La fille a risqué sa vie pour arrêter la circulation et aider une tortue à traverser la rue.

Je regarde ses longues jambes marcher habilement de l'autre côté de la route où elle pose la tortue sur l'herbe bien à l'écart du trottoir avant de lui donner une carapace affectueuse. Elle se lève et recommence à traverser la route pour remonter dans le camion blanc délabré que je viens de remarquer sur le bord de la route.

Je me penche par ma vitre baissée, "Sérieusement ? Tu te rends compte que j'aurais pu te renverser ?" je lui demande avec un grognement, irrité qu'elle ait mis sa vie en danger de cette façon.

Elle s'arrête devant ma voiture de location de luxe et me regarde dans les yeux pour la première fois.

Ses yeux sont d'un bleu céruléen, une combinaison de couleurs étonnante avec ses cheveux roux. Sa peau est impeccable et laiteuse, pas bronzée comme je l'attendrais normalement des filles du sud. Ses lèvres sont roses et pulpeuses, et je ne peux pas arrêter la réaction viscérale et immédiate de mon corps à la vue de son regard direct comme ça.

Elle est magnifique, mais c'est plus que ça. Quelque chose que je n'arrive pas à mettre le doigt dessus. Quelque chose qui fait serrer ma poitrine et m'empêche de détacher mes yeux d'elle.

Elle hausse les épaules comme si le fait qu'elle se soit mise en danger de manière aussi imprudente n'était pas grave. « Il avait besoin d'aide », déclare-t-elle simplement, sa voix douce et musicale et complètement féminine et innocente en même temps.

Son attitude nonchalante me ramène au sujet en question. Je fronce les sourcils. « Néanmoins, c'était dangereux. »

Elle fronce les sourcils. « C'est un animal innocent. Quelqu'un a dû le sauver des connards comme vous qui dévalez l'autoroute à toute vitesse comme une chauve-souris sortie de l'enfer. Je ne pouvais pas le laisser se faire écraser. »

Je cligne des yeux en entendant sa réprimande et je la regarde avec curiosité. Je ne me souviens pas de la dernière fois où quelqu'un m'a parlé de cette façon. Même les hommes les plus puissants de la ville savent qu'il ne faut pas me manquer de respect. « Vous n'avez aucun sens de l'auto-préservation, n'est-ce pas ? »

Ses yeux brillent sous la réprimande et elle croise les bras sur sa poitrine en soulignant : « Rester ici à débattre de ce point avec vous me maintient au milieu de la route. »

Je me rends compte qu'elle pourrait avoir raison là-bas. Elle me lève un sourcil délicat. Je suis arrêté au milieu de la route, l'arrêtant de retourner dans son camion de merde et de sortir de la ligne de circulation potentielle.

« Sortez de la route », lui ordonne-je, en attendant qu'elle fronce les sourcils, mais se déplace pour faire ce que je dis avant de manœuvrer ma voiture sur le bord de la route derrière son camion.

Elle s'arrête avec une main sur la poignée de porte de son camion et me regarde alors que je suis assis là à la regarder. Je pense que je pourrais lui faire peur, mais je veux juste m'assurer qu'elle monte bien dans son véhicule et que le morceau de merde commence.

Ça a l'air douteux au mieux.

Je lui fais un mouvement à travers mon pare-brise, l'exhortant à passer à autre chose, et ses jolies petites lèvres se transforment en un froncement de sourcils, évidemment reboussé par un parfait inconnu comme moi lui ordonnant de se promener. Je sens mes lèvres se contracter. C'est un pétard. À tous points de vue, de sa petite attitude impertinente à cette crinière captivante aux cheveux roux.

Je regarde patiemment tirer sur la porte du camion, puis monter dans le véhicule qui a l'air beaucoup trop grand pour une petite chose mignonne comme elle.

Si elle était à moi, je la ferais conduire une petite Mercedes élégante qui la compléterait tout en offrant beaucoup de sécurité.

Elle porterait des étiquettes de créateurs qui rendraient justice à sa silhouette. Je la couvrirais de diamants aigue-marine qui ne feraient que faire ressortir le bleu de ses yeux.

Mes mains se serrent sur le volant avec la clarté des images que mon esprit évoque.

Je ne sais rien de cette fille, mais elle a l'air de devoir se sentir.

Je fronce les sourcils en entendant tourner le moteur de son camion avant qu'il ne s'éteigne. Le connard ne démarre pas. Tout comme je le soupçonnais. Honnêtement, je ne sais pas comment elle l'a conduit ici en premier lieu. Le morceau de ferraille ressemble à sa dernière étape il y a dix ans.

J'ai mis ma voiture en marche et je me suis arrêté juste à côté d'elle avant de la remettre dans le parc. La fenêtre du camion est baissée. Si je devais deviner, je parierais mon dernier million qu'il n'y a pas de climatisation fonctionnelle. Elle me regarde avec suspicion alors que je descends la fenêtre côté passager avant de hocher la tête vers le siège à côté de moi, "Entrez", lui dis-je.

Elle me regarde de l'intérieur du camion avant de se moquer : "Euh, ouais, pas question, mon pote."

Marguerite

Je regarde sa mâchoire tendue alors que je lui dis qu'il n'y a aucun moyen que je monte dans sa voiture avec lui. Il est peut-être l'homme le plus époustouflant que j'aie jamais vu, mais je ne connais ni lui, et même le diable était censé être le plus bel ange de Dieu - c'est ce que dit ma grand-mère de toute façon.

Ses cheveux sont sombres et négligemment ébouriffés d'une manière élégante. Ses bras ont l'air musclés sous la chemise boutonnée sombre qu'il porte, les manches retroussées pour révéler des avant-bras forts et quelques boutons défaits pour révéler le haut de sa poitrine.

Mon cœur battait dans ma poitrine quand il m'a parlé pour la première fois avec tant de mauvaise humeur. Une étrange chaleur a rempli mon corps au timbre profond de sa voix, mais elle a été rapidement tempérée par l'agacement de son ton vif, m'ordonnant comme si j'étais un enfant.

Peut-être la chose la plus captivante à son sujet, cependant, ce sont ses yeux dorés. Ils ne sont pas bruns, et ils ne sont pas exactement ambrés. C'est la teinte la plus unique que j'ai jamais vue - en tout cas dans les yeux. Ils me font briller sous ses sourcils noirs maintenant qu'il me fronce les sourcils.

Je pense que tout ce que l'homme sait faire, c'est briller et froncer les sourcils.

Et me commander.

Et traitez-moi comme si j'étais stupide de me soucier du caractère sacré de la vie animale.

Il jure : « Je ne peux pas très bien te laisser ici bloqué. »

« Ne t'inquiète pas pour moi », lui réponds-je à travers nos fenêtres. « Ça ira. »

Il passe une main dans ses cheveux alors qu'il tourne la tête pour jeter un coup d'œil par son rétroviseur latéral avant de claquer soudainement sa voiture en vitesse et de tirer devant mon camion, tirant sa voiture dans le parc sur le bord de la route devant moi.

Je suis collé à l'endroit sous le choc alors que je regarde la porte côté conducteur s'ouvrir et que je le vois partir du véhicule de fantaisie avec un long déploiement de membres.

J'avale alors qu'il claque la porte de sa voiture et commence à traquer vers l'endroit où je suis assis dans mon camion. Mon camion de merde qui choisirait aujourd'hui de tous les jours pour agir sur moi. Je n'aurais pas dû l'éteindre quand je me suis arrêté pour aider la tortue à traverser la route. J'aurais dû le laisser au ralenti. Je savais mieux. Je savais que parfois mon camion marasse refusait de démarrer. Stupide, stupide, stupide !

Je réalise soudainement le danger de ma situation. Je suis bloqué sur le bord de la route avec un parfait inconnu. Mon stupide moi a oublié de prendre mon téléphone portable avant de quitter la maison, ce que je fais souvent. Cependant, je ne m'en inquiète jamais vraiment quand je vais juste voir ma grand-mère. Elle est à environ sept minutes en voiture de l'endroit où j'habite avec mes parents.

J'envisage de sauter de mon camion et de courir. Peut-être que ce serait la chose sensée à faire, mais je suis trop têtu et j'ai trop de fierté pour courir. Si le diable vient pour moi, je le rencontrerai de tête, et je suis sûr que je ne descendrai pas sans me battre.

Je m'assois plus droit sur mon siège et je regarde l'homme avec défi alors qu'il atteint enfin mon camion.

Il se penche dans mon camion avec un bras sur le dessus de la fenêtre, ses yeux dorés dans les miens, semblant me brûler avec leur chaleur à si près.

Malgré moi, j'ai le souffle coupé. Mais au lieu de ressentir de la peur, comme je devrais probablement le faire, je ressens une vive excitation.

Il me fixe pendant un long moment. Je sens ses yeux brûler chaque centimètre de ma peau tandis qu'ils parcourent mon visage. L'intensité de son regard est troublante, comme s'il essayait de voir au plus profond de moi, dans mon âme.

« Je veux juste m'assurer que tu rentres bien à la maison. » Ses yeux semblent s'adoucir et il semble soudain plus accessible, moins maussade.

Je ne lui fais toujours pas confiance pendant une minute.

« Tu n'es pas d'ici, n'est-ce pas ? » Je ne sais pas pourquoi je lui demande ça. Il est évident qu'il n'est pas d'ici. Tout le monde connaît tout le monde ici, donc le fait que je n'aie jamais vu ce type me permet de savoir avec une certitude absolue qu'il n'est pas d'ici.

Et je m'en souviendrais certainement si j'avais déjà vu quelqu'un comme lui auparavant. Il ressemble à l'un de ces types qu'on voit dans les films ou sur les couvertures de magazines. Ses vêtements lui semblent parfaitement taillés et coûtent probablement plus cher que l'hypothèque mensuelle de mes parents.

Son regard ne me quitte jamais, mais ses lèvres se plissent enfin dans un semblant de sourire. Ou peut-être est-ce plutôt un sourire narquois.

« Pas encore », dit-il en guise de réponse.

Je fronce les sourcils en le regardant, inclinant la tête sur le côté pendant que je réfléchis à sa réponse étrange. Ses yeux maintiennent toujours les miens, mais je suis brisée de leur transe dorée lorsque j'entends le sifflement d'un véhicule qui arrive au coin de la rue.

Je lève les yeux au moment où je vois le tout nouveau camion de Jake tourner au coin de la rue. Je vois le regard de l'étranger suivre le mien jusqu'au camion, et son froncement de sourcils s'accentue en ralentissant lorsque Jake remarque évidemment mon camion garé sur le bord de la route.

Je ressens un étrange mélange de soulagement et de déception à l'apparition d'un visage amical qui peut m'aider. Je ne sais pas vraiment d'où vient cette déception, car il n'y a aucune chance que je monte dans une voiture avec cet homme que je ne connais même pas. Mon ami d'enfance est arrivé au meilleur moment.

« Daisy ! » Jake baisse sa vitre et me crie dessus avec son sourire enfantin.

« Daisy », j'entends l'homme aux cheveux noirs répéter mon nom pensivement comme s'il essayait de le faire. Je sens son regard sur moi, mais je l'ignore ainsi que la chaleur qui me monte au visage alors que je rappelle à Jake : « Hé, Jake ! »

« La vieille fille t'a encore fait chier ? » me demande Jake en connaissance de cause. Ouais, il est venu me chercher plus d'une fois alors que mon camion ne voulait pas démarrer.

« Ouais », j'acquiesce en ouvrant la porte de mon camion. L'étranger recule juste à temps pour éviter que la porte de mon camion ne le frappe alors que je saute.

Je peux le sentir froncer à nouveau les sourcils, mais je continue de l'ignorer. Je n'essaie pas délibérément d'être impoli, mais M. Pantalon Grognon n'a rien fait d'autre que me fixer et me fusiller du regard depuis que je l'ai rencontré, et j'en ai déjà fini.

Je cours vers le camion de Jake et saute du côté passager. Je vois mon ami aux cheveux blonds qui regarde l'homme aux cheveux noirs avec curiosité.

« Qui est-ce ? » demande-t-il, sans faire un geste pour cacher son intérêt pour l'étranger.

Je hausse les épaules, sans même jeter un coup d'œil à son nom. Je ressens un pincement au cœur quand je réalise que je ne connais même pas son nom, mais je réalise ensuite que c'est probablement pour le mieux. Ce n'est qu'un passant, et je ne le reverrai sûrement jamais.

« Juste quelqu'un qui s'est arrêté pour voir ce qui se passait. »

Jake fronce les sourcils. « Heureusement que je suis arrivé à ce moment-là. Tu n'as pas besoin de prendre des inconnus en stop, Daisy », prévient-il.

« Je sais », je suis d'accord avec lui. « Je n'allais pas le faire. »

« Je ne pense pas qu'il m'aurait fait du mal, cependant », ne peux-je m'empêcher d'ajouter.

Jake me regarde d'un air interrogateur, mais heureusement, il ne dit rien à propos de mon étrange commentaire. Au lieu de cela, il hoche simplement la tête en direction du type aux cheveux noirs avant de s'éloigner du trottoir et de s'engager sur la route.

Je jette un coup d'œil dans le rétroviseur latéral à l'homme qui se tient toujours à côté de mon camion sur le bord de la route. Sa mâchoire est serrée, ses yeux nous scrutent tandis que nous partons, ses poings serrés à ses côtés.

Je sens un frisson me parcourir le dos malgré la chaleur estivale.

C'est vraiment une bonne chose que Jake soit venu à ce moment-là.

Don't miss out!

Visit the website below and you can sign up to receive emails whenever Dave Kerlson publishes a new book. There's no charge and no obligation.

https://books2read.com/r/B-A-NSFNB-XVTIF

Connecting independent readers to independent writers.

Did you love *Fille Ronde pour le flic*? Then you should read *Compagnon oublié*[1] by Dave Kerlson!

Compagnon Oublié : Un voyage captivant dans le monde des métamorphes et des souvenirs perdus

Dans « Compagnon Oublié », Zenia, une jeune femme métamorphe, mène une vie tranquille en tant qu'assistante administrative de l'Alpha Jericho Savidge. Mais sa routine quotidienne est bouleversée lorsqu'elle rencontre Greyden James, un homme qui a presque détruit sa vie.

Alors qu'elle tente de fuir ses souvenirs douloureux, Zenia découvre que Greyden est à la recherche de sa compagne, dont l'odeur lui est familière.

Also by Dave Kerlson

Milton Keynes UK
Ingram Content Group UK Ltd.
UKHW022317041224
452010UK00018B/881

9 798230 728917